JOSÉ RAMÓN TORRES

Vagues

À mon épouse Liz, et à mes enfants Daniel et Amelia,

pour le temps que ce livre leur a volé.

Sommaire

Le communiqué

En conséquence de la mort tragique d'un garde de l'ambassade du Pérou et devant l'attitude tolérante adoptée par le gouvernement péruvien envers ces criminels, le gouvernement révolutionnaire de la République de Cuba a décidé de retirer toute protection auxdits bâtiments. Les employés diplomatiques seront désormais les seuls responsables des évènements qui se produisent dans l'ambassade. Nous ne pouvons protéger des ambassades qui ne participent pas à leur propre protection.
(*Granma*, quotidien, La Havane, Cuba, vendredi 4 avril 1980)

Les jardins

C'est la fin de l'après-midi, samedi 5, et le nombre de demandeurs d'asile atteint presque dix mille. Les gens arrivent par vagues pour se frayer un chemin vers l'ambassade, espérant y obtenir l'asile. Parmi ceux qui ont réussi à entrer, on compte une dizaine d'étudiants de l'Université de La Havane, arrivés vers neuf heures du matin. On compte aussi les trois chauffeurs de bus dont les arrêts étaient proches et qui ont abandonné leur poste, ainsi que le conducteur d'un camion-citerne qui venait acheminer de l'eau et qui est simplement resté sur place.

Entrent en scène trois jeunes à moitié nus venant tout droit de la plage. Avant de franchir le seuil de l'ambassade, l'un d'eux appelle un taxi. Il tend un bout de papier au chauffeur, l'adresse de ses proches griffonnée dessus, et lui demande d'aller les chercher. Il lui laisse également une montre, une casquette, un masque de plongée et la promesse que sa course sera la mieux payée de sa carrière.

— Hé, tu te rappelles la femme qui criait qu'elle venait d'accoucher et qui réclamait un avion pour être transférée d'urgence au Pérou ? demande une dame aux cheveux blancs à une autre, adossée au chenil. Eh bien, figure-toi qu'elle a pris un bébé de la maternité de l'hôpital de Línea sans autorisation, enroulé dans un drap plein de sang.

— C'est pas vrai !

— J'te l'dis !

À quelques mètres des deux femmes, un homme est enveloppé dans un drapeau péruvien et crie à la foule : « Le Pérou, c'est moi ! Personne ne peut me toucher, ni la police, ni l'armée ! Personne ! »

Dans les jardins de l'édifice, Ángel observe le tableau dont il fait partie avec un mélange d'admiration et de pitié. Il n'est pas du tout convaincu de ce que dit l'autre cinglé au drapeau. Cela étant, il a bien d'autres soucis pour l'instant. Il y a, par exemple, la proximité dangereuse d'un individu qui a l'air de le fixer, assis par terre, son nez aplati comme par un coup de poing. Ángel remarque que le type tient une longue scie à la lame aiguisée, la poignée recouverte de sparadrap. Est-ce qu'il le regarde vraiment ou est-ce son imagination qui lui joue des tours ? Serait-ce la peur qui fait, ainsi, surgir des dangers qui n'existent pas ?

La peur, la sueur et la faim. Voilà peut-être les éléments primaires, les briques avec lesquelles nous construisons la vie. Y a-t-il autre chose, de la pointe de Maisí au cap de San Antonio ? À Guantánamo, Holguín, Camagüey, Cienfuegos, Matanzas ou Pinar del Río ? Y a-t-il seulement un endroit, un recoin sur cette île où la faim, la sueur et la peur ne régissent pas nos vies, n'envahissent pas nos rêves ?

*****

À chaque minute qui passe, des centaines de personnes arrivent. Les esprits sont échauffés. Samedi, deux amoureux qui voulaient rentrer chez eux ont été passés à tabac par une bande de sauvages. Ils ont échappé aux couteaux. Hier, cependant, un pauvre malheureux qui était allé se percher sur un manguier a failli se faire poignarder, tout cela parce qu'un peu de terre était tombée de ses chaussures. Ce n'est pas l'idée qu'Ángel avait en tête lorsqu'il imaginait l'exil. Il pensait que tout serait beaucoup plus pacifique et solidaire, pas un véritable avant-goût de l'enfer. Il est même dangereux d'aller chercher de l'eau ou d'aller aux toilettes. Mieux vaut ne pas risquer de bousculer un coude ou un pied, par inadvertance. La règle d'or est de rester en groupe et de bien garder la place de celui qui doit s'absenter quelques minutes ; mais même cela a causé des conflits. Et si jamais son pied venait à frôler la jambe du gars au nez écrasé et qu'il se retrouvait avec une profonde balafre sanguinolente au tendon d'Achille ? Il devrait alors quitter l'ambassade, traînant son pied meurtri derrière lui.

Trois jours plus tôt, Ángel était bien loin d'imaginer la situation dans laquelle il se trouve aujourd'hui.

Et peut-être que l'on ne décide de rien du tout. Les circonstances. Finalement, ce sont les circonstances qui ont raison de tout, pense-t-il. Et Mireya, qui l'a traîné jusqu'ici, est-elle une simple circonstance ? Quelle pensée stupide, se dit-il aussitôt. Dans une autre situation, cela l'aurait fait rire, mais le temps n'est pas à la rigolade. Là, il sue et il a faim. Et il a peur aussi, pourquoi le nier ? Il a très peur. Pendant ces trois jours passés ici, à la merci des intempéries, sans se laver et sans presque rien manger, il a eu le temps de bien observer l'endroit : il a repéré une partie de la clôture au-dessus de laquelle il pourrait sauter et s'enfuir. Mais la foule devient violente aux premiers signes de désertion.

Tous ces gens et ce chaos l'empêchent de voir ce qui se passe au-delà de l'endroit où il se trouve, même s'il se met sur la pointe des pieds et tend le cou. Il se dit qu'il devrait trouver le courage d'aller voir si le tumulte que l'on peut entendre est lié d'une manière ou d'une autre aux maigres rations de nourriture distribuées par le gouvernement. Mais il se dit ensuite qu'à bientôt quarante ans, il ne va pas risquer sa pauvre peau pour quelque chose de si futile. De toute manière, la nourriture revient toujours aux plus forts. Ils suent aussi, mais ils ont moins peur ; et pas si faim.

*****

La fille de Mireya, à peine douze ans, ne pose pas trop de questions. Elle n'a pas l'air bien en forme non plus. On peut voir des marques violacées sous ses yeux et son regard est triste, abattu. Ángel lui caresse les cheveux. Il lui semble tout à coup curieux qu'il se préoccupe de la santé de Sofía alors qu'il est sur le point de laisser tomber ses propres enfants, peut-être pour toujours. S'il n'était pas si fatigué et tant dépassé par les maudits évènements, il verserait sûrement quelques larmes. Mais il sait que dans son cas, ses pleurs ont été si longtemps réprimés et enfouis qu'ils ne risquent pas de rejaillir maintenant. Il se demande si Eduardo obtiendra une autorisation de sortie du service militaire. S'il va au studio, rue Monte, il verra sa note d'adieu laissée sur la table. Et Emilia ? Ángel sait qu'elle et Pepe s'en sortiront, comme ils l'ont fait jusqu'à présent. Ce qui est certain, c'est qu'il a moins peur pour eux que pour Eduardito. Lorsqu'il se rendra compte que son père est parti en exil dans son dos, il ne le lui pardonnera pas.

Une légère brise amène des odeurs de plantes et transporte Ángel dans son enfance, quand il éprouvait tant d'exaltation à aider son père à dépecer un porc fraîchement tué. Il prenait une lame de rasoir et de l'eau bien chaude, puis plaçait délicatement une branche de goyavier dans la gorge de la bête pour pouvoir la faire tourner sur le feu. Pendant qu'Ángel est perdu dans ses pensées, une voix de femme commence à entonner l'hymne national cubain et le chant se propage sans vie parmi les demandeurs d'asile, comme si leurs faibles corps résonnaient, comme si les ondes sonores réverbéraient dans leurs os. Les regards s'échangent et se réconfortent. Sans un geste, sans éclats.

*****

Il est bientôt six heures de l'après-midi et, depuis la queue pour la fontaine à eau, Ángel voit deux Alfa Romeo et une automobile noire luxueuse arriver au croisement de la rue 72 et de la Cinquième avenue. Il entend des gens dire qu'il s'agit de la célèbre ZIL de Fidel. À plusieurs moments dans sa vie, Ángel s'était imaginé que le Comandante n'était qu'un démiurge vêtu de vert olive, mais aujourd'hui il est clair que l'Homme existe bien, en chair et en os. C'est la première fois qu'il est si proche de lui et il se demande bien ce qui a pu le faire venir en personne à l'ambassade.

Il est clair que le sort des demandeurs d'asile va dépendre de ce que dira ou fera le Comandante lors des prochaines heures.

Les synapses s'agitent dans le cerveau d'Ángel. Qu'est-ce qui pourrait expliquer la présence de Fidel ? Au milieu des graves tensions avec le Venezuela et le Pérou concernant le droit d'asile dans leurs sièges diplomatiques à La Havane, le Comandante a dû rencontrer plusieurs hauts responsables du gouvernement révolutionnaire pour discuter du retrait des forces de police qui protègent ces ambassades.

— Selon mes conseillers, si nous retirons la garde, nous aurons des problèmes ! l'a sûrement averti quelqu'un comme le ministre de l'Intérieur ou le chef de la Sécurité de l'État.

— Dans une telle situation, il faut être raisonnable. Retirer la protection d'une ambassade comporte des risques, aurait alerté le frère de Fidel, chef de l'armée et ministre des Forces armées révolutionnaires.

Ce matin, cependant, en voyant un rapport sur son bureau qui confirmait que le nombre de demandeurs d'asile avait atteint dix mille, le Comandante aurait décidé d'aller voir cela de ses propres yeux.

Sur le chemin de l'ambassade, il aurait senti crisser les pneus de la ZIL sur le goudron alors qu'elle croisait les rues aux nombres pairs du quartier de Miramar. Cette partie du trajet, Ángel se l'imagine être imprégnée d'une odeur de mer, mais peut-être que l'Homme avait été trop préoccupé aujourd'hui pour s'en rendre compte. S'était-il réjoui du fait que les bâtiments qui avaient abrité les hôtels et casinos d'antan et qui bordent l'avenue ne remplissent plus leur fonction originelle ? Il a débarrassé la zone de toute criminalité à col blanc. On peut à présent y voir des enfants en uniforme scolaire avec manuels d'école et sourires, des sympathisants du Cuba socialiste venus d'ailleurs et des travailleurs exemplaires, bien intégrés. Les Cubains fortunés qui occupaient ces demeures spacieuses jusqu'aux années 50 ont tout abandonné suite au triomphe de la Révolution. D'abord, elles ont été transformées en écoles ou en dortoirs pour les étudiants boursiers venant à La Havane. Ensuite, à mesure que des centres éducatifs se construisaient dans le pays, les habitations sont devenues des ambassades ou bien des bureaux d'entreprises étrangères qui font des affaires à Cuba. Il n'y a plus aucune trace des anciens quartiers douteux, des bordels, qui avant 1959 s'étendaient sans honte tout le long de l'avenue, juste à côté des clubs nautiques et communautaires exclusifs de la partie nord, après le rond-point du vieux parc d'attractions de Coney Island.

Alors qu'Ángel récite en silence cette espèce de pamphlet gouvernemental, conscient qu'il répète un air accrocheur, un peu comme les berceuses que sa mère lui chantait pour l'endormir quand il était petit, le Comandante baisse la vitre arrière de sa ZIL à l'arrêt. Il peut voir les réfugiés qui sont montés sur le toit de la bâtisse, les mains levées formant le signe de la victoire, défiant l'hélicoptère qui survole la zone. Ángel devine que l'Homme est en train de réaliser l'ampleur de la situation. Il est probable qu'il voulait simplement donner une leçon au Venezuela et au Pérou pour avoir encouragé les demandes d'asile répétées. Mais là, un tel spectacle menace de ternir les efforts de détente. Depuis quelques années, l'île vit non seulement une sorte de lune de miel avec son puissant ennemi, mais également des moments de gloire absolue sur la scène internationale. Elle se confronte avec succès à l'une des armées les plus puissantes du monde en Angola et a pu accueillir de grands évènements tels que le 11ᵉᵐᵉ Festival mondial de la jeunesse et des étudiants en 1978, ou bien le sommet du Mouvement des non-alignés en 1979.

Le Comandante sort de l'automobile, ferme la portière avec force et fait quelques pas vers l'entrée de l'ambassade. Les centaines de demandeurs d'asile pressés contre la barrière commencent à reculer en silence et un fonctionnaire de l'ambassade péruvienne s'avance. Ángel se demande s'il s'agit d'un simple membre du personnel, d'un attaché commercial ou de l'attaché culturel, puisque la visite est trop imprévue pour qu'il s'agisse de l'ambassadeur. Quoiqu'il en soit, Fidel lance quelques mots au fonctionnaire, place un bras sur ses épaules et l'emmène vers la ZIL.

*****

Le silence a régné pendant une bonne partie de la matinée. Jusqu'au moment où une phrase, quelques sons énoncés dans un certain ordre visant un certain résultat, réussit à réveiller l'âme des onze mille corps amassés sur la pelouse, le toit, contre le chenil et les arbres.

— Ils donnent des sauf-conduits !

En moins de dix minutes, les rumeurs sont confirmées, le gouvernement a commencé à délivrer des permis qui leur permettent de rentrer chez eux et de revenir à loisir : il suffit d'en faire la demande. Ces permis garantissent que l'ambassade du Pérou s'occupe des formalités pour qu'ils puissent voyager dès que le pays hôte approuve leur demande. Cela ne peut pas être une nouvelle « annonce » de « l'homme téléphone », surnommé ainsi car il avait réussi à se procurer un téléphone de l'ambassade et à le raccorder à une rallonge dans les jardins, puisque les Péruviens l'ont débusqué il y a quelques jours. C'est grâce à lui qu'ils avaient été mis au courant de toutes les négociations entre les autorités cubaines et péruviennes, qu'ils avaient pu les répéter, les commenter et les déformer à leur gré en l'espace de quelques secondes.

Plusieurs demandeurs d'asile qui viennent d'être interrogés par des fonctionnaires de l'ambassade sont déjà en train de rentrer chez eux. Apparemment, l'entretien consiste en une discussion informelle au cours de laquelle les Péruviens tentent de dissuader la personne de demander l'asile politique et, voyant qu'elle insiste, finissent par lui accorder un sauf-conduit. La rencontre se termine alors, sans perturbations.

Certains partent de l'ambassade et ne veulent revenir qu'en cas de stricte nécessité. Beaucoup d'autres refusent catégoriquement de quitter les lieux.

— Ángel, cette enfant va tomber dans les pommes, lance Mireya sur un ton de reproche, les sourcils résolument froncés. Pour l'amour du ciel, va voir si tu ne trouves pas un peu à manger !

— Je viens d'aller faire un tour et je n'ai rien trouvé. Je vais lui apporter un mouchoir mouillé pour qu'elle puisse se rafraîchir. S'ils commencent à donner des sauf-conduits, c'est que les choses se mettent à bouger.

— En fait, tu n'as pas les couilles d'aller voir ces types pour leur dire qu'il y a des enfants ici qui n'ont pas mangé depuis des jours.

— Ce n'est pas ça, Mireya. Ils ont dû faire passer quelques rations de nourriture par-dessus la barrière, mais je te parie qu'ils le font seulement pour nous regarder nous jeter dessus et nous battre. T'en as vu, toi ? Tu sais ce qu'elles contiennent ? Ils ont dit qu'on pouvait s'adresser aux premiers secours pour vérifier sa tension et boire un verre d'eau sucrée, va voir si tu ne peux pas en ramener un pour Sofía. Tu ne veux pas comprendre que…

— C'est toi qui ne comprends rien, toujours la tête dans les nuages. Je ne sais vraiment pas pourquoi je suis partie avec toi… Tu ne fais que nous encombrer.

Ángel ne sait pas quoi répondre. Il peut seulement s'en vouloir de l'avoir suivie aveuglément. Il se demande ce qui lui a pris de se laisser embarquer de la sorte.

Vendredi après-midi, il était arrivé chez Mireya en sueur, épuisé par sa longue journée de travail à l'atelier et la marche sous le soleil brûlant. En fermant la porte derrière lui, il s'était arrêté quelques secondes pour respirer l'air frais qui venait des escaliers en marbre et des murs carrelés, laissant derrière lui la poussière, la chaleur et le bruit de la rue. Déjà soulagé, il avait commencé à monter les escaliers sans se presser, annonçant son arrivée. Comme personne ne lui avait répondu, il avait fait une nouvelle pause pour profiter du calme et de la quiétude de la maison. Il faisait bon être seul un instant.

— Tu es rentré tôt, chéri ! Parfait ! J'ai dû t'appeler par la pensée !

Ángel avait répondu d'un soupir. Il pouvait à peine distinguer la forme de Mireya qui venait d'apparaître sur le palier.

— Tu as vu les nouvelles ? Ils ont retiré la protection de l'ambassade du Pérou ! Apparemment, un bus a foncé sur le portail et tué un garde.

Il était étrange que Mireya vienne le recevoir ainsi, à l'entrée. Et déconcertant de la voir dévaler les escaliers en déblatérant de la sorte.

— Alfredo a apporté le journal. J'ai dû le supplier de me le laisser. Vas-y ! Lis !

— Hé, une minute, avait-il rétorqué en montant, laisse-moi arriver.

— Il a dit qu'on ne pouvait pas attendre, mon chéri, mais que si on va avec lui, on pourrait vivre dans la maison de sa famille à Hialeah, en arrivant aux États-Unis.

— Attends un peu. Vous êtes fous ou quoi ? Explique-moi ce que va faire Alfredo aux États-Unis avec un seul œil et sans parler un mot d'anglais, d'abord.

Agacée, Mireya avait remonté la moitié d'escalier qu'elle venait de descendre. Arrivant au palier, elle avait respiré un grand coup avant de répondre : « Son frère est le directeur du service d'entretien d'un hôtel et il est aussi copropriétaire d'un garage à Miami Beach, tu le savais ? Il peut t'aider à trouver un emploi là-bas, d'abord. Alors ne dis pas n'importe quoi.

— Hôtel ? Garage ? Mais bien sûr, tout est clair !

— Arrête tes bêtises et écoute-moi bien une minute. Des tonnes de gens sont déjà là-bas et des camions arrivent encore de la province. Une fois à l'intérieur, on est en territoire péruvien, le gouvernement ne peut rien faire. Il faut agir vite, tu sais bien comment ce genre de choses se déroule. »

Ángel était allé s'asseoir sur l'un des fauteuils en osier près du balcon, avec le *Granma* qu'elle lui avait fourré entre les mains. Il s'était mis à lire le communiqué du gouvernement et sans savoir pourquoi, avait commencé à compter, du bout de l'index, le nombre de fois où apparaissaient les mots « gouvernement » et « ambassade ».

— Alors, tu l'as lu ou pas ? Qu'est-ce que tu fais ? avait demandé Mireya, décontenancée.

— J'essaie de compter les mots, avait-t-il marmonné.

— Hein ?! C'est tout ce que tu trouves à faire, Ángel Ribot ?

Au lieu de répondre, il avait placé le journal sur ses genoux, ses coudes sur les accoudoirs du fauteuil et baissé la tête jusqu'à la cacher entre ses mains. Il s'était mis à réfléchir très vite. Mireya et sa fille étaient en train de risquer leur avenir, avec une décision pareille, et le sien aussi, d'ailleurs.

Il avait sorti un cigare de sa poche de chemise. Il espérait pouvoir en profiter dans une atmosphère sereine ce soir, mais même avec le meilleur des cigares, cela allait être difficile à obtenir. Il avait fait une petite incision avec les dents, juste à l'endroit où la tête rejoint la cape, avant de le presser doucement, le faisant rouler entre l'index et le pouce. Ce n'était pas un pur Havane, mais il était bien fini, bien brillant, d'une couleur uniforme et sentait le tabac frais. En plus, c'était un cadeau, et à cheval donné on ne regarde pas les dents.

En remarquant que Mireya s'approchait à nouveau, il lui avait dit, d'une voix calme, depuis le fauteuil : « Pourquoi tu ne t'assieds pas tranquillement, un instant ? Ce n'est pas à prendre à la légère. Nous avons déjà presque quarante ans et ne parlons pas un mot d'anglais. Si jamais on ne peut pas rejoindre les États-Unis depuis le Pérou, on se retrouvera dans une situation encore bien pire que maintenant. Et ça, c'est si nous arrivons à sortir du pays ! Si on n'y parvient pas, là on aura de vrais ennuis.

— Tu ne te rends pas compte que s'ils ont enlevé les gardes de l'ambassade, y entrer n'est pas considéré comme un « acte de force » ? Il n'y aura pas de représailles, ils ne peuvent rien faire. Des centaines de personnes y sont déjà entrées et des milliers sont en chemin. Ángel, on ne peut pas se permettre de prendre notre temps. Par malchance, Eduardito est dans son unité militaire et Emilia est perdue quelque part entre Boca Ciega et Guanabo. »

« Perdue. » Ne sommes-nous pas tous perdus, ou du moins désenchantés dans cet enfer ? avait pensé Ángel. Mais au lieu de formuler sa pensée, il s'était contenté de lui demander :

— Emilita ne t'a pas laissé d'adresse ou de numéro de téléphone ?

— Ángel, enfin ! Tu connais ta fille !

— Merde ! Juste au moment où il faut que nous soyons ensemble.

— Tu l'as dit. Mireya avait fait une pause, s'était approchée de lui et lui avait caressé le dos de la main. Écoute, chéri, Emilia a déjà sa vie et ses projets avec Pepe. Ils pourront être autorisés à partir à n'importe quel moment, comme il était prisonnier politique.

— Je sais, avait-il dit, bougeant la tête d'un geste impuissant. Mais…

— Tss, c'est la réalité, je te le dis pour que tu n'aies pas de remords. Jusqu'à maintenant, tu n'as jamais eu l'occasion de sortir du pays. Tu n'as personne pour t'aider de l'extérieur, ni toi, ni Eduardo, même pas quelqu'un pour t'inviter à passer quelques mois à l'étranger. Tu pourras demander à récupérer Eduardo une fois aux États-Unis, ou bien, au pire des cas, au Pérou. Prends ta décision, je vais récupérer des bijoux et quelques papiers.

Après quelques minutes et sans aucun signe d'Ángel, Mireya était revenue dans la pièce d'un pas pressé. Il était toujours là où elle l'avait laissé, immobile dans son fauteuil, le journal plié dans une main et le cigare allumé dans l'autre.

— Ángel, lui avait-elle dit, amère. Je ne suis pas partie toute seule parce que je ne ferais jamais quelque chose d'aussi merdique. Comme tu allais rentrer bientôt, je ne suis pas venue directement te chercher au travail pour ne pas éveiller les soupçons. Si j'avais vu que tu ne rentrais pas, je serais passée par ton studio. Mais tu es là, c'est l'important, et il n'y a pas de temps à perdre. Si tu veux rester ici à fumer tranquillement ton cigare, vas-y, mais je te dis que c'est l'opportunité qu'on a tant attendue, de laquelle on a tant parlé et moi, je ne vais pas la laisser filer ! Je le jure sur la tête de ma fille, qui est ce que j'ai de plus précieux au monde !

Sa petite fille, à présent à côté d'Ángel, sans avoir mangé ou dormi confortablement depuis presque une semaine, a l'air bien faible. La regarder lui brise le cœur. Elle n'a que la peau sur les os, la pauvre petite. Vendredi après-midi, elle était assise à la table du salon en train de recopier l'image d'une carte et de tailler son crayon, se rappelle-t-il. Mais le caractère brusque de sa mère est difficile à supporter et il n'y a pas de raison qu'il reste toute sa vie avec elle. Il fut un temps où, après avoir dû surmonter tant de choses, il avait senti ses forces et sa chance l'abandonner, et il avait trouvé en Mireya exactement ce dont il avait besoin. C'était elle qui l'avait sauvé de l'amertume, de la solitude et de l'autodestruction. C'est vrai. Mais avec le temps, les choses ont changé, et pas vraiment en bien. Et là, même si cela n'a rien à voir avec son mauvais caractère, elle le condamne à une vie loin d'Emilia et d'Eduardito. « C'est toi qui ne comprends rien, toujours la tête dans les nuages. Je ne sais vraiment pas pourquoi je suis partie avec toi… Tu ne fais que nous encombrer. » Les mots amers résonnent encore dans sa tête.

Pour s'en débarrasser, il met en marche ses poumons, ses cordes vocales, sa langue et les muscles de son visage, mais sa propre voix lui semble inconnue :

— Les choses ne sont pas toujours comme tu veux, Mireya, je ne sais même pas pourquoi je m'efforce de t'expliquer. Tout ce que je dis entre par une oreille et ressort aussitôt par l'autre. Regarde, tu dis que je ne fais que vous encombrer, mais figure-toi que je suis venu pour vous protéger, toi et ta fille. Tu n'as pas idée dans quoi tu es en train de t'embarquer, et d'embarquer Sofía. Regarde autour de toi.

— Mais…

— Laisse-moi finir. Va donc au Pérou, aux États-Unis, va où tu veux ! Mais ne compte pas sur moi.

Il a l'impression qu'une sorte de démon dans ses entrailles est en train de cracher un venin qui forme les phrases à sa place.

— Je repars comme je suis venu, sans sauf-conduit, sans passeport, sans rien du tout. Et je me tais parce que mon cœur va finir par sortir de ma poitrine.

Les derniers mots, ajoutés d'une voix entrecoupée, s'étouffent à mesure qu'il tourne le dos à Mireya.

— Ne t'avise pas de nous laisser, crie-t-elle, après avoir marmonné une insulte, trop bas pour qu'Ángel ne l'entende. Nous n'avons pas attendu une semaine ici pour se séparer maintenant. Si nous voulons une vie meilleure, il faut se battre jusqu'au bout.

Mais Ángel n'écoute plus. Il a commencé à se faire un chemin entre les gens. Il n'a pas envie d'entendre la radio de certains groupes ou les ragots des autres. Il pousse, écarte, et réussit à avancer en direction de la sortie qu'il a repérée. En même temps, il se dit que cela fait un moment que ses idées diffèrent de celles de ses autres compañeros demandeurs d'asile. Bien sûr qu'elles diffèrent. Il trouve que les démonstrations de force absurdes qu'il a vues pendant ces quelques jours n'ont rien d'héroïques, de courageuses ou de patriotiques. C'est une bonne chose que la Révolution rappelle constamment au peuple le vrai courage des Cubains.

— Qu'ils aillent tous au diable ! s'exclame-t-il à mi-voix, après avoir bousculé le type au nez aplati qui avait continué à le regarder avec insistance.

S'il doit mourir là, d'un coup de couteau dans le ventre, qu'il en soit ainsi, se dit-il à quelques mètres de la barrière. Le cœur battant à tout rompre, le remords commence à se glisser comme un serpent entre ses entrailles. Le sang tambourine dans ses tempes et la sueur lui brûle les yeux. D'un coup, avec un élan qu'il n'aurait jamais soupçonné, il saute par-dessus la clôture et atterrit de l'autre côté.

— Voilà un autre infiltré !

Il se met à courir sans regarder en arrière.

— Traître !

— Fils de pute !

Les pierres fusent autour de lui. L'une des plus grosses vient se poser à côté des restes d'une carte déchirée de l'Union des jeunes communistes, près d'une bouche d'égout.

Pin, Pon, dehors !

Isabel écrase la lame d'un couteau posée à plat sur deux gousses d'ail dont elle a déjà coupé les extrémités. Elle en retire la peau, les émince finement et les ajoute aux oignons en train de frire dans du saindoux. Avant de se mettre à découper un poivron vert, elle lance un regard vers la salle à moitié refaite, où son beau-frère sort un télégramme de sa poche de chemise et l'étale sur la table devant Felo.

— Je dois me présenter à la compagnie de gaz dans les soixante-douze heures, sinon ils me le coupent ! entend-elle dire Ángel.

Elle vérifie que le riz est prêt et que les pois chiches sont tendres, verse la sauce à l'oignon dans la casserole et laisse le potage frémir sans remettre le couvercle. Toujours avec son tablier et son torchon à la main, elle essuie l'émail en porcelaine blanche de la cuisinière Boss, quasiment intacte malgré ses trente ans. Les deux brûleurs à kérosène produisent une flamme sale mais efficace, grâce à son beau-frère qui les ajuste souvent.

— Tout n'est que travail, travail, travail. Et c'est toujours eux qui y gagnent. Cela ne leur arriverait jamais de faire une erreur en ta faveur. Ils iraient piller leurs propres mères. Mais pour qui se prennent-ils ? crie Ángel, tout en rapprochant le bout de papier du visage de son frère.

— Ça y est, il commence déjà à dire des conneries, réplique Felo, en levant les yeux au ciel.

— Que dalle ! Écoute-moi, je gagne combien par mois ? Mécanicien de grade A : deux cent quarante pesos. OK ?

Garde ce chiffre en tête et commence à additionner ça. Un paquet et demi de cigarettes par jour, ça fait soixante-douze pesos. Trente que je donne à Eduardito, ça fait cent deux.

Les mots d'Ángel se font plus lents. Ce n'est pas parce qu'il se calme mais à cause de l'ivresse, se dit Isabel qui sent la puanteur de l'alcool depuis la cuisine.

— Quinze partent facilement dans les rations de la *bodega*, continue-t-il, cent dix-sept, plus encore à peu près trente pour l'huile, le riz, le café et le sucre, nous sommes à cent quarante-sept. Tu me suis ? Ajoute maintenant cinquante centimes pour déjeuner tous les jours, plus le café, le goûter et le transport. On va rajouter cinquante pesos par mois. On en est déjà à deux cents. Il faut encore compter deux pour la lumière, et seize que je paie pour le réfrigérateur. Deux cent vingt-six. Et avec le gaz de ville, ça fait combien ? Je suis pas allé au restaurant, je me suis même pas acheté une chemise, même pas bu une gorgée de rhum.

Isabel admire en secret les traits du visage d'Ángel, plus réguliers et plus fins que ceux de son mari. La situation lui rappelle celle d'il y a quelques jours, lorsqu'il est arrivé, ivre également, en se vantant de l'argent qu'il arrivait à gagner à côté, en plus de son salaire. Ángel ferait mieux de ne pas demander à Felo de lui en prêter, parce qu'il n'apprécierait pas du tout. Ce n'est pas de la faute de Felo si son petit frère est fauché une semaine après la paie. Elle observe aussi les acquiescements agacés de son mari, jusqu'à ce que l'irritation accumulée finisse par jaillir en une rafale de mots :

— Quel restaurant, mais de quoi tu parles ?

— Laisse-moi finir.

— Ce qu'il faut que tu fasses, c'est arrêter de déballer toutes ces conneries et arrêter de picoler. L'alcool, il s'en fout de là où tu travailles, si tu es mécanicien A, B ou C, chef de brigade, ingénieur ou bien à la plonge. Il s'en fout si tu es un bon gars, si tu es blanc, noir ou Chinois. Lorsqu'il te tient par les boules, il ne te lâche plus jusqu'à ce qu'il te tue. Tu m'entends ?

Avec du potage, du riz et un œuf au plat, cela devrait suffire, calcule Isabel, en servant trois portions de riz. Elle met deux cuillérées de saindoux dans une poêle déjà chaude et s'assure, d'un mouvement circulaire, que toute la surface est recouverte. Elle sert les pois chiches fumants dans trois assiettes creuses. Son plat irait bien avec quelques galettes salées, pense-t-elle, mais il n'en reste plus. Sans perdre un instant, elle casse dans la poêle un, deux, trois œufs. Dès qu'ils commencent à frire, elle découpe les blancs avec le bord d'une écumoire en aluminium et place rapidement un œuf sur chaque assiette de riz blanc, avec une pincée de sel.

— Je voudrais bien savoir qui a pu te dire…

— Tu pourrais t'arrêter de picoler ? Hein, tu pourrais ? Admets-le. Si tu t'en mets plein le gosier depuis des années et que t'es devenu accro, c'est la faute de rien ni de personne, même pas la tienne. Ton corps ne peut plus fonctionner sans alcool. Tu dois commencer à l'accepter si tu veux t'en sortir. Mais bon, comme tous tes amis sont aussi des ivrognes…

— Mais, est-ce que je peux en placer une ?

— Et ne viens pas dans cette maison pour critiquer la Révolution, qui t'a donné…

— Putain de merde, ici on peut même pas…

— Débarrassez la table, je vais servir, interrompt Isabel en passant la tête par la porte.

— Non ! Personne ne sert rien du tout, j'en ai plein les couilles de ces histoires ! crie Felo, le visage déformé par la colère. Va voir ailleurs, s'ils arrivent à supporter tes discours d'alcoolo. Combien de fois faut-il te dire qu'on ne veut pas de toi bourré dans cette maison ?

Ángel se lève et va allumer son cigare à la flamme du brûleur dans la cuisine, après avoir essayé en vain de l'allumer avec la dernière allumette de la boîte, à présent posée sur la table, vide.

— Bourré ? Bourré de quoi ? Fous-moi un peu la paix !
répond-il en revenant dans la pièce en fumant.

Isabel fait une grimace en voyant Felo se lever et taper
sur la table.

— Tu mangeras pas ici ce soir, espèce de salaud. C'est
fini, l'auberge est fermée. T'as qu'à aller bouffer chez ta
putain de mère, qui est malheureusement aussi la mienne.
Et t'auras pas un centime de plus de ma poche, tu
m'entends ? Que dalle ! T'as qu'à aller crever, j'en ai plus
rien à taper, sur la tête de notre vieille mère ! Qu'elle repose
en paix.

— C'est fini, balbutia Ángel, les yeux quasi-fermés.

— Mais, tu te rends pas compte que t'es en train de te
détruire, espèce de merdeux ? demande son frère, qui lui
tourne le dos dans un geste de désespoir, et qui, sans
attendre de réponse, se dirige vers la salle de bain en
ruminant : « Pourquoi est-ce que j'me casse la tête à parler à
cet idiot ? »

— C'est fini. Bien. C'est fini, répète Ángel en passant la
porte.

*****

Quelques minutes plus tard, Ángel est en train de descendre
la rue Infanta en chancelant. Il porte un sac en toile dans
lequel sa belle-sœur a eu le temps de glisser un demi kilo
d'oignons et deux pommes de terre.

— Prends ça, a-t-elle insisté, et donne-moi signe de vie !

Il sait qu'il devra laisser passer quelques jours avant de
retrouver le courage d'aller les voir. Il marche dans une
direction totalement opposée à celle de son studio, situé sur
la Calzada de Monte. Il a besoin de la clé à molette et de la
pince qu'il a prêtées à Bienve et qu'il ne reverra pas à moins
de se pointer chez lui à l'improviste. Même s'ils boivent
quelques verres, il ne repartira pas sans ses outils. Terminé
la générosité. Qui est-ce qui lui prête ne serait-ce qu'un

vieux clou rouillé, à lui, quand il en a besoin ? se dit-il en traversant le parc de La Normal.

À cet instant, il entend des voix de l'autre côté de la rue Manglar, au coin de Arbol Seco. D'un seul coup, la peur et la confusion qui l'avaient envahi après avoir sauté le mur de l'ambassade le saisissent à nouveau. Il n'est toujours pas complètement dans son assiette. Il lui suffit seulement de se rappeler l'histoire d'un camarade d'école de son fils, entendue ce matin. Le pauvre adolescent s'est fait frapper jusqu'à en perdre une oreille pour avoir porté des baskets étrangères et un tee-shirt qu'un cousin lui avait offert avant d'aller à l'ambassade. Heureusement, Eduardo est au service militaire, loin de toute cette folie. Le service a au moins ça de positif ! Et Emilia, depuis le temps, doit être habituée à l'horreur.

Peu à peu, sans le vouloir, il se dirige vers le brouhaha et aperçoit deux hommes, courbés, en train de passer quelqu'un à tabac, aidés par une femme armée d'une planche.

Ángel entend une voix féminine crier derrière lui : « Voilà son mari ! »

Aussitôt, quelqu'un le tire par les cheveux et lui allonge une gifle. Brandissant le sac d'oignons et de patates, il fait mine de rendre son coup à celle qu'il imagine être la responsable. Ensuite, il lâche le sac pour se libérer du bras d'un étudiant en uniforme qui le tient par le cou. Apercevant du coin de l'œil droit un homme se précipiter sur lui, il donne un coup de pied et le tient à distance.

Le chef de la police locale arrive juste à ce moment-là et ordonne aux sauvages de se séparer de leurs proies.

— Laissez-le, putain, il n'a rien à voir avec mes affaires.

Cette fois, Ángel reconnaît la voix de Mireya et aperçoit son visage rouge aux yeux humides.

— Tais-toi, espèce de dégénérée, vous êtes tous pareils, vous trafiquez tous ensemble ! Bande de fils de pute ! lance une des femmes.

La bande commence à se calmer, à contrecœur, et le chef de police manque de se faire renverser en appelant un taxi, qui a l'air peu résolu à ralentir et encore moins à s'arrêter.

La litanie d'insultes est maintenant adressée à Ángel, qui arrive à se dégager de la cohue et saute sur la chaussée. Un camion freine et dérape. Ángel sent un coup violent sur son oreille gauche, suivi d'un sifflement assourdissant. Il tient debout et finit de traverser la rue Manglar. Apparemment, ce n'était qu'un coup sec bien placé. En toute hâte, il ouvre la portière arrière de la Lada dans laquelle le policier a fait monter Mireya et plonge sur le siège la tête la première.

Le conducteur du taxi démarre le véhicule sans même attendre que la porte ne se ferme.

*****

À la maison, Mireya s'occupe de ses blessures, sonnée par le passage à tabac. Elle ne reproche rien à Ángel. En fait, elle admire plutôt son instinct de survie et lui raconte comment elle et sa fille, sous-alimentées mais avec la promesse qu'on leur accorderait un visa, avaient quitté l'ambassade après dix jours d'enfer, chacune avec un sauf-conduit. Elle n'a pas laissé Sofía sortir depuis les évènements, craignant un « acte de répudiation » ou une « mobilisation éclair ». Elle-même n'est sortie de la maison qu'en de très rares occasions, surtout pour voir son amie Ñica, à Arbol Seco, ou pour aller chercher un peu de nourriture. On n'est jamais trop prudent.

Mais elle avait voulu emporter à l'étranger autant de documents importants que possible, tels que les bulletins scolaires de la première année de secondaire de Sofía. C'est pour cette raison qu'elle s'était risquée à se rendre personnellement, de bon matin, à l'école Antonio Maceo. Elle avait pensé qu'y aller entre deux classes laisserait le temps aux employés d'arriver au secrétariat et éviterait en plus toute rencontre indésirable dans les couloirs. Elle avait donné sa démission à la directrice adjointe qui ne l'avait pas acceptée : Mireya avait déjà été licenciée car elle constituait un mauvais exemple pour les élèves. La directrice était vraiment navrée pour Sofía et comprenait que sa mère ne voulait pas qu'elle aille à l'école dans ces conditions. Elle l'avait envoyée au secrétariat pour obtenir une dérogation, mais il n'y avait personne. C'est ainsi que, deux heures après être arrivée à l'école, elle était repartie comme elle était venue, les mains vides. Elle avait alors décidé de tenter le diable et d'aller rendre visite à Ñica. Elle était arrivée chez son amie sans rien remarquer d'étrange, mais un groupe de professeurs et étudiants l'attendait sur le chemin du retour. Certains derrière un coin de rue, d'autres cachés dans le parc. Le reste, Ángel l'avait vu et en avait fait l'amère expérience.

— C'est quoi, ce bruit ? demande-t-il depuis son siège préféré de la pièce.

— Je ne sais pas. On dirait que ça vient d'en bas, répond-elle, s'approchant de la porte du balcon.

— Pin, pon, dehors ! À bas les vers de terre ! Pin, pon, dehors ! À bas les vers de terre ! Pin, pon, dehors ! À bas les vers de terre !

La rengaine se répète, sans s'arrêter, comme un mantra.

— À bas la racaille !

— Foutez le camp ! Foutez le camp ! Foutez le camp !

— Laisse la petite ici, mère indigne, la pauvre ne sait pas ce qui l'attend !

Les bruits de l'émeute retentissent dans le passage.

— Ah ! Mon dieu, protège-nous, implore Mireya, après avoir observé la horde hostile par les espaces entre les persiennes d'une des contre-portes.

Un œuf vient s'écraser contre la balustrade et une pierre brise un carreau.

— Éloigne-toi du balcon et emmène la petite à l'arrière, dit Ángel.

— Carter, racaille, reprends toute ta canaille ! Carter, racaille, reprends toute ta canaille !

— Foutez le camp ! Foutez le camp ! Foutez le camp !

Ángel descend les escaliers avec une chaise dans les mains, il barre la porte et coince la chaise en l'inclinant entre la poignée et la première marche d'escalier. À voix basse, il maudit ceux qui répètent et modifient ces slogans, comme s'ils pouvaient résoudre les problèmes de toute une vie, de tout un pays. Pendant ce temps, Mireya tâche de pousser tous les fauteuils et autres meubles contre les portes du balcon. En l'entendant, Ángel se rend compte qu'il devrait également fermer celles qui donnent sur le patio intérieur depuis le salon, les trois chambres ainsi que la cuisine-salle-à-manger. Personne ne peut accéder à la cage d'escalier puisqu'elle est privée, mais ils pourraient bien réussir à entrer depuis les habitations voisines ou le toit.

— Fidel, fais-en leur baver, aux Yankees ! Fidel, fais-en leur baver, aux Yankees !

*****

Après une demi-heure de siège, les insultes cèdent la place aux « *Viva la Revolución !* », la pluie d'objets diminue, jusqu'à cesser complètement et la foule se disperse.

Ángel veut retourner à son studio mais Mireya insiste pour qu'il reste manger. Dans la cuisine, elle sert trois sandwiches à la tortilla et un milk-shake à la banane. Assise à table, entre les deux, Sofía les observe, l'un après l'autre, comme un match de tennis. Ils sont en train de se regarder, tout en mâchant, comme les vieux amis qu'ils sont. L'acte de répudiation les a laissés secoués.

— Sacré boucan ! lance Mireya, brisant le silence, mais ne t'en fais pas, mon cœur, tu verras à quelle vitesse tu auras oublié tout ça lorsque ton petit copain yankee t'emmènera dans sa voiture toute neuve sur les plages de Miami, avec tes lunettes de soleil dernier cri.

— Petit copain ? Moi je ne veux pas de petit copain.

— Maintenant, peut-être pas, mais quand tu trouveras un bel Américain, grand et blond, tu te rappelleras cette conversation.

— J'adore les milk-shakes, dit Ángel, essayant de paraître enjoué. Quand j'avais ton âge, j'en buvais à m'en faire mal à l'estomac…

En s'entendant parler, Ángel se rend compte à quel point il est étranger à cette maison. Et quand bien même il croirait aux idées irréalistes de Mireya quant au futur de sa fille, il sait qu'il n'en fera pas partie. Il se résout donc aux bavardages sommaires et à regarder Sofía, qui lui sourit un instant et continue à mastiquer lentement son sandwich à la tortilla. Ses cernes ont quasiment tous disparus, mais un soupçon de tristesse voile son regard.

Et voilà

Après avoir acheté les éditions du Granma des deux derniers jours, deux pains fourrés aux boulettes de viande et une bouteille d'eau-de-vie — il n'avait pas assez pour acheter du rhum — Ángel attend le bus pour rentrer chez lui, à l'arrêt situé en face du barbier. Le voici alors nez à nez avec la présidente du Comité pour la Défense de la Révolution.

— Angelito ! Viens ici un instant. Cela fait des jours que je veux te parler, lui dit la femme, un cigare allumé au coin de la bouche.

Pourquoi n'est-elle pas allée défiler, elle, si tout le monde est mobilisé ? pense-t-il. Elle n'a pas l'air malade… Quoiqu'il en soit, il ne pourra pas sortir gagnant de cet échange. Tout le monde sait bien qui, de lui ou de la chef du CDR, est d'intégrité morale douteuse et qui est le délateur attitré.

La femme, vêtue d'une robe de chambre qui laisse deviner une poitrine lourde couverte de taches de rousseur, l'éloigne de l'arrêt et l'entraîne dans un coin, insinuant qu'il y a trop de cancanières aux alentours. Là, elle lui lâche, à voix basse mais sans équivoque, qu'elle est bien au courant à propos de Mireya.

— Nous la connaissons depuis des années, il va de soi que c'est quelqu'un de bien. Nous sommes en train de vivre des moments difficiles, pour ne pas dire critiques, et tout le monde s'enflamme. Dis-lui bien qu'elle ne sorte pas de chez elle, et elle n'aura aucun problème, tu verras.

Et que va-t-il m'arriver, à moi ? veut demander Ángel, mais il se mord la langue. Il aimerait pouvoir déduire du ton confidentiel de son interlocutrice qu'il ne fera pas l'objet de la colère du peuple et qu'il pourra continuer à mener sa vie comme il l'a fait jusqu'à maintenant. Au moins, il n'est pas en train de se faire lapider, et malgré toute l'hypocrisie qu'on pouvait sentir dans ses mots, il est rassuré qu'ils viennent de la présidente du CDR. Reste que Mireya est une traître envers son peuple et que, étant donnée sa relation avec elle, il fait lui aussi partie des vers de terre, des antisociaux, de la charogne du pays. Il espère simplement qu'en affichant cette tête sympathique, il arrivera à lui faire croire que lui, Ángel Ribot, est aussi droit qu'un « i ». Et maintenant, il veut rentrer chez lui et ne plus entendre ni voir personne avant ce soir.

*****

Aussitôt arrivé à son repaire, Ángel débouche la bouteille d'eau-de-vie et en déverse une bonne lampée par terre, à la santé des saints, au cas où. Il ne croit même pas en la mère qui l'a mis au monde, mais il a négligé ce geste en plus d'une occasion, et le précieux breuvage s'est retrouvé répandu par terre après une improbable pirouette de la bouteille.

— Qu'on me lâche, putain ! Qu'on me laisse vivre ! s'exclame-t-il après une bien longue première gorgée.

Il se met à fermer les portes, les fenêtres du bas ainsi que celles de la mezzanine exiguë.

Il redescend, reprend une lampée, s'attable devant le journal et essaie de suivre la trame un peu confuse des évènements. Les Américains se préparent à lancer l'opération *Solid Shield-80* dans les Caraïbes, avec le débarquement prévu de près de deux mille marines dans la base navale de Guantánamo. Un bataillon supplémentaire de mille deux cents soldats de l'armée va s'ajouter à ces derniers. Le président Carter déclare que ses pensées vont aux exilés. L'édition du *Granma* de la veille signale les endroits de mobilisation pour chaque municipalité, les horaires de départ et les zones de rassemblement désignées aux alentours de la Cinquième avenue. Des avis spéciaux sont mis en place pour réguler la circulation durant la marche.

Il allume le téléviseur et se retrouve devant des milliers de personnes qui défilent en scandant « Comandante, donnez l'ordre ! » Sur la seconde des deux seules chaînes de télévision, une foule similaire brandit des pancartes sur lesquelles on peut lire « Qu'ils s'en aillent, les paresseux », « Qu'ils s'en aillent les antisociaux », « Cuba aux productifs. »

Il reprend une gorgée de la bouteille, qui a diminué d'un quart.

Selon l'un des journaux, le Salvador et la Colombie n'accepteront pas d'immigrants cubains pour cause de sérieux problèmes de chômage et la République Dominicaine fermera ses portes aux antisociaux. Le Pérou vient d'en accueillir mille. L'Espagne, cinq cents. Les États-Unis, presque deux mille. Rien n'est officiel. Au Canada, le ministre des Affaires étrangères dément formellement que son pays ait accepté d'accorder l'asile à certains des individus qui ont pénétré dans l'ambassade. Il n'a pris aucune décision sur la façon d'agir et n'a même pas considéré la question de manière officielle. De leur côté, les travailleurs et militants du Pouvoir Populaire de Caimanera s'indignent contre les slogans de la population rapportés dans le *Granma* du 20 avril. Ils incluaient, entre autres : « Pin, Pon, dehors, à bas Caimanera ! », parce que c'est l'une des municipalités les plus courageuses de la province de Guantánamo, en plus de constituer la première vague anti-impérialiste.

Trois cent quatre-vingt-dix éléments antisociaux sont passés par l'ambassade péruvienne et rentrés chez eux. Un passeport ainsi qu'un sauf-conduit définitif seront octroyés à tous ceux qui sont entrés dans le siège diplomatique… mais aussi à tous les autres voyous qui en font la demande ! Au moins, Alfredo s'en ira enfin, avec sa sale manie de mettre son œil de verre dans son godet de rhum. On verra si ça les fait rire, dans le Nord. Adieu et bon débarras ! Mais Mireya et Sofía partiront, elles aussi, et Dieu sait qui d'autre avec cette nouvelle mesure. Pendant un instant, Ángel se met à chercher des raisons qui pourraient prouver que lui et ses enfants appartiennent à la racaille, aux vers de terre, et qui pourraient faciliter leur départ, tous ensemble. Mais mieux vaut laisser les choses comme elles sont, ne pas les compliquer davantage. Ce qu'il faut faire, c'est filer bien droit, se rappelle-t-il, pour ne pas qu'on ne s'en prenne à lui ou à ses proches. En définitive, ceux qui tabassent les antisociaux aujourd'hui sont ceux qui se présenteront pour partir demain. Et la farce continuera ainsi, comme depuis vingt ans. Un simulacre répugnant. Mais c'est comme ça.

Une autre gorgée et il revient au *Granma*.

En comparant les deux exemplaires du quotidien, il porte son attention sur les deux mêmes encadrés, intitulés « Les nouvelles de Mariel », dans lesquels apparaît le décompte des personnes qui sont parties la veille ainsi que celui des bateaux américains mouillés dans le port havanais au moment de l'impression.

Le reste de la semaine, *Granma* après *Granma*, Ángel remarquera que l'encadré peut être rouge ou noir, apparaître dans le coin inférieur, à droite ou à gauche de la première ou deuxième page. Il peut être carré ou rectangulaire, porter principalement sur la sécurité du trajet Mariel-Floride ou inclure des informations sur les risques météorologiques du passage. Mais le nombre d'éléments antisociaux qui abandonnent l'île et celui des embarcations au port de Mariel ne manquent jamais.

L'organe officiel du Parti Communiste de Cuba va continuer de publier ces chiffres tous les jours. Par conséquent, Ángel décide de parier sur les deux derniers chiffres, comme il le faisait en 1970 avec les tonnes de sucre produites durant la Récolte des Dix Millions. Là, il cherchait sur la première page « L'évolution de la récolte », à la rubrique « La Havane », colonne « Aujourd'hui ». Maintenant il peut choisir : parier sur le nombre d'immigrants, le nombre de bateaux, ou les deux. Et voilà.

Sur les pas de Francis Drake

Bob Nash pensait pouvoir se relaxer dans l'atmosphère joviale de son bar favori sur la rive de Safe Harbor, à Stock Island, loin de la cohue de Key West. Son regard était porté au large, vers les crevettiers qui entraient et ressortaient du port, et ses dents plantées dans un sandwich au labre espagnol, pêché par un plongeur local. Cependant, dans sa tête résonnait toujours la voix de cet animateur radio, mot pour mot, à un rythme effréné : des Cubano-Américains avaient voulu regrouper tous leurs bateaux de plus de vingt pieds et naviguer jusqu'à la limite des eaux territoriales, en protestation contre la politique d'émigration de Castro.

Seulement trois jours plus tard, l'Anglais résidant à Key West avait vu huit bateaux de ce type arriver par la route. Si l'on en croit la radio, le reste s'approchait par les eaux, et il avait aussi entendu des réfugiés dire que le gouvernement de l'île avait ouvert ses côtes pour permettre à ceux qui le souhaitaient de quitter l'île. Ensuite, Bob avait pu observer un bateau de pêcheurs et deux bateaux de plaisance accoster l'un des derniers débarcadères du sud des États-Unis. Ils devaient transporter environ trois cents Cubains à eux trois.

La même semaine, alors qu'il effectuait une brève sortie sur les eaux côtières à bord du *Lady Marion*, son propre voilier à moteur de douze mètres de long et quatre de large, il avait aperçu onze embarcations avec à leur bord plus de sept cents réfugiés. Il avait également capté sur sa radio les instructions que les garde-côtes transmettaient aux centaines de Cubano-Américains qui avaient décidé d'aller chercher leurs proches sur l'île. Il fallait passer par la douane, respecter les limites de vitesse propres à chaque bateau, prévoir un dispositif de sauvetage pour chaque passager et notifier immédiatement le Service de l'Immigration et de Naturalisation de leur retour aux États-Unis avec des étrangers.

Ce matin même, de nouveau sur le *Lady Marion*, Bob avait entendu que la patrouille aérienne des garde-côtes avait compté une cinquantaine d'embarcations au sud de Key West et à peu près le même nombre entre Miami et Fowey Rocks, toutes cap plein sud. Sur les ondes, on indiquait qu'elles avançaient en direction de Cuba. Trois bateaux étaient tombés en panne et avaient dû être remorqués jusqu'à la terre ferme. D'autres s'étaient retrouvés sans essence ou avaient commencé à prendre l'eau, au large de la barrière de corail. Il avait vu de ses propres yeux deux bateaux de secours et un hélicoptère HH-52 patrouiller la zone et prêter main-forte à de petits bateaux.

À présent, alors qu'il sirote son café dans un bar qui fait l'angle, en face d'un marchand de journaux, il observe, incrédule, les douzaines de bateaux de plaisance sur leur remorque qui stationnent dans les rues qui mènent au port, attendant leur mise à l'eau. Il imagine que des centaines d'autres bateaux sont déjà sur l'îlot. Il y a du mouvement partout et les clients du bar ont l'air déconcerté. Ils ne comprennent pas d'où sortent tous ces navigateurs et que plus personne ne parle anglais.

Bob repose ses yeux sur le journal pour lire une deuxième fois que la flotte a atteint les mille navires. Il a soudain le sentiment que tout ce qui est en train de se produire va changer sa vie. Depuis qu'il a appris à naviguer dans son Devon natal, il y a déjà tellement d'années, il a toujours eu envie de mettre à profit ses capacités de capitaine. Il ne se fait pas d'illusions, ce n'est pas le détroit de Floride, en 1980, qui va lui rapporter une fortune et il ne deviendra pas millionnaire sur le dos des pauvres Cubains qui fuient Castro. Mais il pourrait tout de même améliorer un petit peu son modeste pécule. Et d'une certaine manière, il suivrait les pas de son compatriote Francis Drake, un trafiquant d'esclaves reconverti en corsaire.

*****

Le dimanche 27 avril vers midi, au retour de Cuba avec une dizaine de Cubains, juste avant qu'une mini-tornade ne se forme, Bob observe les garde-côtes escorter, remorquer et faire monter à bord les rescapés. L'équipe à terre et les bateaux assignés à la zone disent avoir reçu un déluge de SOS en seulement cinq minutes. Il y en a tellement qu'ils ne parviennent pas à donner un compte exact.

*****

Les intempéries ne réduisent que temporairement le nombre de départs, si bien qu'au début du mois de mai, l'avalanche de Cubano-Américains a largement dépassé le nombre d'artistes et de touristes dans les rues de Key West.

Ils arrivent avec de l'argent plein les poches pour louer ou acheter des bateaux. Ce ne sont pas les plus riches de Miami, mais ils parviennent tant bien que mal à rassembler des sommes correctes. Ils ignorent les mises en garde des autorités concernant d'éventuelles contraventions, confiscations, arrestations et lèvent l'ancre par groupes de vingt navires. Les propriétaires des crevettiers et des bateaux de plaisance s'en donnent à cœur joie et demandent jusqu'à mille dollars par Cubain à faire passer aux États-Unis.

À moitié euphorique, M. Nash revient d'une deuxième expédition vers l'île dans des conditions météorologiques bien pires que ce que les bulletins avaient annoncé : un vrai couloir d'orages et de rafales de vent s'étendait sur les cent trente kilomètres qui séparent la capitale cubaine de l'extrême sud-est des Keys de Floride.

La frénésie s'étend et se propage bien au-delà des Caraïbes. Selon les nouvelles, les garde-côtes ont dû immobiliser et remorquer un *Liberty ship* inutilisable jusqu'à Shark River Station, New Jersey. Il n'était pas immatriculé, n'avait ni papiers, ni contrôle technique et le conducteur n'avait pas pu présenter de permis. Il y a aussi un vieux dragueur de mines qui a accosté à Key West. Il était affrété par une église de la Nouvelle-Orléans, acheté au comptant à Boston et déplacé à la Nouvelle-Orléans pour être rebaptisé. À son bord, plus de quatre cents réfugiés.

Le flux de bateaux ne diminue pas. Rien qu'à Key West, quelque quatre cents lèvent l'ancre chaque jour, et le gouvernement cubain vient d'annoncer la présence de mille sept cents embarcations au port de Mariel.

*****

Midi. Direction Cuba pour une troisième traversée. Bob apprend qu'à cause du mauvais temps et des délais dans les procédures de réunification des familles, certains Cubano-

Américains de Miami ont été forcés de repartir sans leurs proches. À l'aller, ses passagers lui versent cinq cents dollars pour la traversée, plus mille par personne qu'ils veulent ramener de Cuba, le tout à l'avance et sans remboursement possible. Il ne voit pas de raison de rentrer à la hâte si les choses se gâtent à La Havane. D'ailleurs, c'est du côté des États-Unis qu'elles s'étaient compliquées, au retour du second voyage. Par pur hasard, il s'était retrouvé au même endroit que les autorités portuaires et les garde-côtes. Ils l'avaient menacé de graver « *Récidiviste* » sur son pare-brise, mais c'était tout. Au pire, ils pourraient lui confisquer le *Lady Marion*, mais c'est très peu probable. Les Yankees sont assez occupés dans le détroit, avec tous ces Cubains sans papiers qui n'ont aucune idée de comment naviguer. Pour lui, il est clair qu'aucun de ses clients Cubano-Américains, dont certains viennent depuis la Californie, n'a l'intention de repartir sans ses proches. Toute difficulté, plutôt que d'être un élément dissuasif, devrait lui servir d'encouragement pour continuer l'entreprise.

*****

L'après-midi, avec à son bord huit passagers d'origine cubaine et le jeune capitaine portoricain Dave Marrero, Bob parvient à rejoindre non sans peine l'ouest de la baie de La Havane. La circulation est lente et chaotique. Les centaines de bateaux qui luttent contre la houle et les rafales de vent, aussi violentes que lors d'une tempête, empêchent de voir l'eau correctement.

Plusieurs barques s'approchent depuis la terre, vendant différentes marchandises. Les passagers du *Lady Marion* se plaignent des prix exorbitants et soupçonnent les vendeurs d'être des agents de la sûreté. Ils apprennent alors que le gouvernement cubain offre des crédits aux bateaux, mais qu'il ne leur permet pas de quitter le port avant d'avoir été remboursés.

— Il est dangereux d'utiliser des crédits, prévient Bob. Nous avons des biscuits, des saucisses et des sardines, mais mieux vaut les garder pour ceux qui vont monter, pour les enfants. N'utilisez pas de crédits, s'il-vous-plait.

— Ils ne nous laissent pas nous amarrer au quai principal, lancent des personnes sur un crevettier au *Lady Marion*.

— Ne croyez pas un mot de ce qu'on vous dit et seulement la moitié de ce que vous voyez, répond Bob aux passagers.

*****

La nuit tombe. Le temps n'est pas aussi désastreux que Bob le craignait et il tente de faire une petite sieste dans la cabine. Pendant ce temps, ses clients écoutent une annonce qui informe que l'Iran a exécuté des otages américains en représailles à l'opération de sauvetage Eagle Claw, lancée par Carter le 24 avril.

Soudain, la voix du présentateur de Radio Reloj est recouverte par des coups de feu.

— Qu'est-ce que c'est que ça ? demande un passager.

— Ils sont en train de tirer sur les gens qui nagent vers les bateaux, répond-on depuis l'embarcation d'à côté.

— Mais non ! Ça a l'air bien plus fort. Pour moi, ce sont les garde-côtes qui font respecter l'ordre depuis leurs canonnières.

— Tu vas voir ! On va se retrouver au beau milieu d'une guerre !

Leurs préoccupations continuent à se mêler au flux et reflux des vagues et à l'obscurité. De temps à autre, le passage d'un faisceau lumineux leur fait baisser la tête de peur d'une rafale dissuasive. Les heures passent… À quatre heures du matin, le *Lady Marion* obtient la permission de se mettre à quai.

La première information concrète de la part des agents de l'Immigration est que les passagers peuvent récupérer leurs proches, à condition que cinquante pour cent de la capacité du bateau soit réservée aux demandeurs d'asile de l'ambassade du Pérou. Porte-voix en main, l'un des officiers demande la liste des personnes à venir chercher. C'est là que les nerfs commencent à lâcher : les passagers n'ont pas posé un pied sur la terre ferme depuis des jours, n'ont pas pu passer d'appel téléphonique ; ils n'ont même pas de quoi écrire. Mais un crayon émoussé apparaît par-ci, un morceau de papier par-là, et quand M. Nash revient avec quelques stylos et un bloc-notes, une femme a déjà donné au militaire les noms des siens, griffonnés sur un filtre à café. Une autre dame tremble, stylo en main, en demandant à son conjoint ce qui attendra leurs proches s'ils ne peuvent pas les récupérer, maintenant qu'ils sont révélés aux autorités, à leurs voisins, à leurs collègues et camarades de classe.

— Je ne pense pas que vous puissiez ramener autant de personnes, mais c'est un service supérieur qui en décidera, se limite à constater l'officier.

Un peu plus tard, la nouvelle qu'ils peuvent aller à l'hôtel Tritón pour se reposer, manger quelque chose et appeler leur famille arrive comme une douce brise, rafraîchissant cette ambiance d'impatience et de mauvaises informations.

*****

Vers six heures de l'après-midi, il se met à pleuvoir et plusieurs passagers du *Lady Marion* se surprennent à sauter et à rire, trempés dans la pluie torrentielle, ignorant complètement le discours de Fidel que l'on peut entendre par les haut-parleurs. Une heure plus tard, deux responsables de l'immigration viennent rendre quelques-unes des listes : chaque passager doit se limiter à trois personnes.

— Il ne manquait plus que ça ! Tout ça après avoir mis nos maisons en gage et payé pour la traversée du détroit ! semblent s'exclamer les exilés, sans même bouger les lèvres. En effet, les passagers qui ont pu joindre leurs familles par téléphone sont restés pétrifiés par les nouvelles. La fille de l'homme qui vient de Kendall est prête à partir avec sa petite, mais le mari s'oppose à la sortie de l'enfant, et le neveu du couple de Hialeah ne pourra finalement pas venir avec eux car il est militaire et mobilisé. Dave commence à sentir une tension désagréable dans son cou et ses épaules. Ses yeux vont chercher conseil dans ceux de Bob, mais l'Anglais évite le contact avec son capitaine.

Même s'il est déjà presque minuit, des voix retentissent au loin :

Químbara quimbara cumbaquín bambá
Químbara quimbara cumbaquín bambá
Eeeh, mamá
Eeeh, mamá

La raison de ce chant ne tarde pas à atteindre le *Lady Marion*. Préoccupés par l'instabilité de la situation internationale, deux amoureux d'une petite barque voisine ont décidé d'avancer la date de leur mariage. Grâce à un notaire rencontré dans un crevettier, ils ont pu officialiser les fiançailles. On peut apercevoir la mariée qui porte le châle d'une dame et le grand chapeau d'une autre. Pour les photos, ils trinquent avec du 7 Up et soufflent une bougie plantée dans un melon. À présent, ils profitent d'une courte lune de miel dans la cabine tandis qu'on entend les percussions caractéristiques d'une troupe de carnaval, accompagnées par un sifflet et un refrain qui répète :

Je sens un tambour, Mamita, il m'appelle
Oui, oui, il m'appelle

Les adieux

Emilia observe Pepe qui fait les cent pas tel un chien enragé dans la partie inférieure du studio. Il semble scandalisé par les dernières informations : Fidel a contourné l'embargo américain en approvisionnant les navires du port de Mariel en nourriture.

— Il vient de créer une zone franche, ce fils de pute, éclate-t-il enfin. Dégager les dissidents ne lui suffit pas, il veut provoquer une nouvelle crise avec les Américains.

— La seule chose à faire avec ce pays, c'est le quitter une bonne fois pour toutes, déclare-t-elle en éteignant le poste de télévision. À l'écran, une foule avec des pancartes : « Aujourd'hui, comme hier, unis avec Fidel » et « *Gringos, go home.* »

— Qui t'a dit qu'on pouvait vraiment aller à Cuatro Ruedas pour se déclarer en tant qu'élément antisocial ? lui demande Pepe, en murmurant presque. Mais parle tout bas, les murs ont des oreilles et le couloir a des yeux. Et je ne sais pas pourquoi cette maudite porte reste ouverte toute la journée.

Emilia sort une cigarette du paquet de Populares qui se trouve sur le téléviseur, l'allume et se penche brièvement par la porte du couloir.

— Laisse tomber ta paranoïa une minute et écoute-moi, tu veux ? Le dernier à l'avoir confirmé, c'est Adrián, mais la moitié de La Havane le sait. C'est étrange que tu ne sois pas au courant, toi qui es tant impliqué dans les histoires de politique. Rends-moi service et surveille le riz, je vais rapidement à la pharmacie et ensuite au studio de papa. Quand je reviens, nous déjeunerons et nous parlerons de tout cela plus calmement. Enfin, si je m'écoutais, je partirais tout de suite à Cuatro Ruedas ou bien n'importe où, pourvu que je puisse dégager d'ici.

— Tu pourrais me ramener des Dexédrine ? Vu la situation, il nous en faudra plus.

— Mon amour, ta cupidité te perdra, tu sais bien que les comprimés sont rationnés.

— Pas besoin de me le rappeler. Ici, il n'y a que la police et la désillusion qui ne soient pas rationnées.

— Bon, fais-moi l'ordonnance, mais vite !

Penché au-dessus de la table en fer, sous l'escalier qui monte vers la mezzanine, Pepe imite et paraphe le feuillet supérieur d'un bloc d'ordonnances. Pendant ce temps, Emilia pense à toutes les années passées, à planifier et à rêver, en attendant cet instant précis. Elle ne dévoilera leur plan à son père qu'au dernier moment, car elle ne ferait même pas confiance aux souvenirs qu'elle a de sa mère. En effet, Ángel raconte tout à Mireya, qui s'est déjà mêlée de ses affaires plus d'une fois. Quant à Eduardo, que peut-on faire si le malheureux est en plein service militaire ? La seule manière de l'aider serait depuis le Nord : soit en réclamant un proche soit en le faisant sortir via un autre pays.

Pepe s'approche avec l'ordonnance et lui demande de tirer sur sa cigarette. Après avoir soufflé la fumée par le nez, il passe un bras sur son épaule, l'attire vers lui et dépose un baiser sur son front. Elle se dégage affectueusement et lui dit, sur le pas de la porte :

— Trouve les papiers de la prison et prépare le reste de tes documents, je reviens tout de suite. Et n'oublie pas de surveiller le riz. Éteins-le à vingt, mais n'enlève pas le couvercle.

*****

Emilia sonne à l'une des portes situées sur le trottoir de droite du passage B, rue Arroyo, sans réponse. Elle appuie de nouveau sur la sonnette et attend. Après s'être à demi retournée, juste au moment où elle allait partir, elle décide de tenter une dernière fois. À ce moment-là, la porte s'ouvre lentement, actionnée par une corde tendue depuis les escaliers, à l'intérieur. Emilia se laisse engloutir par la pénombre du vestibule.

À l'étage, en attendant qu'on vienne la recevoir, elle admire les fauteuils en osier à côté du balcon et les deux colonnes de style XIXᵉ siècle qui séparent le salon du hall. Caressant la fronde d'un palmier à bétel et quelques feuilles de xanthosoma, Sofia apparaît. Emilia prend la tête de la petite fille dans ses mains et l'embrasse sur le front avant de lui dire :

— Tes cheveux sont magnifiques ! Ces petites vacances t'ont bien profité !

— J'arrive ! Tu veux un café ? appelle Mireya, depuis la cuisine-salle-à-manger, au fond du long couloir.

— Un tout petit, merci, répond Emilia sans élever la voix et en rapprochant son pouce et son index.

— Va donc m'apporter le café que me prépare ta maman, demande-t-elle à la petite en lui caressant les cheveux et en lui faisant faire demi-tour.

Dès que Sofia disparaît, Emilia se penche par la porte d'une chambre adjacente, où elle voit que son père se repose, allongé sur le lit avec ses chaussures : un corps inerte recouvert par une semi-obscurité. Elle est passée par son studio en sortant de la pharmacie, plus tôt, après avoir pris deux Dexédrine, mais en voyant qu'il n'était pas chez lui, elle s'était redonné du courage avec un troisième comprimé et avait décidé d'aller voir chez Mireya. Il était là. Cela ne servirait à rien qu'ils parlent maintenant, se dit-elle. En observant en silence le corps maigre en position fœtale, elle s'imagine à sa veillée et des larmes lui montent au coin des yeux. Elle tente de les faire disparaître en voyant Mireya qui s'approche dans le couloir.

— Je le réveille si tu veux, propose Mireya, en lui tendant son café.

— Laisse-le, il a l'air fatigué.

Les deux femmes discutent debout, soucoupes et tasses à la main.

— Ils peuvent nous appeler à tout moment, dit Mireya. Je ne dors presque pas. Je me lave deux ou trois fois par jour. Malheureusement, ton père ne pourra pas garder la maison, mais petit à petit il récupère les objets de valeur pour les vendre ou les mettre dans son petit studio. Pendant que tu es là, ma belle, tu ne veux pas prendre quelque chose pour toi et Pepe ?

Emilia entend le ton de reproche dans le commentaire et se mord la langue.

— Ce que tu veux ! continue-t-elle, si c'est trop gros, tu peux revenir plus tard avec Pepe. Regarde, cette machine à coudre est comme neuve. Ce serait dommage qu'elle soit gâchée, tu ne crois pas ? À partir du moment où ils viennent faire l'inventaire, plus rien ne peut sortir de la maison.

— Merci, mais par chance nous n'avons besoin de rien.

— Dis-moi une chose, Emilita chérie, au lieu de continuer à attendre, pourquoi n'allez-vous pas vous déclarer en tant que vermine, toi et Pepe ? Vous pourriez emmener ton père.

Emilia soupire. Il y a peu, les railleries incessantes auraient provoqué de la colère dans sa réponse, ou au minimum, du sarcasme. Maintenant, elle n'en a plus la force.

— La vérité, c'est que nous sommes fatigués d'attendre qu'on nous laisse partir à cause d'antécédents politiques et maintenant, comme tu le sais, tout le monde s'en va.

Elle baisse le regard vers sa tasse.

— Si j'étais toi, j'irais me présenter avant qu'ils ne changent d'avis et ne referment les frontières par peur que l'île ne se vide complètement. En plus de dire que vous êtes hostiles à la Révolution, vous n'avez qu'à dire que Pepe est pédé, et toi, lesbienne ! Que vous participez à des orgies chez Purita, qu'en plus vous pratiquez la Santeria et que vous êtes témoins de Jehova, je ne sais pas, moi ! Épile-lui les sourcils et décolore-lui les cheveux à l'eau oxygénée, et toi, habille-toi en garçon manqué, avec l'un de ses t-shirts et sa grosse montre. Peu importe, pourvu qu'on vous laisse partir.

Emilia n'aurait pas besoin qu'on le lui dise deux fois, mais Pepe préfère attendre. Ce n'est pas pour rien qu'il a résisté sept ans, enfermé à Boniato. Il ne se vante pas d'avoir été prisonnier politique, mais il reste l'un de ceux qui n'ont jamais flanché. Il a toujours refusé d'être réhabilité ou de porter l'uniforme de prison. Et elle devrait lui demander de partir comme un voyou ? Elle boit une autre gorgée de café.

— Que pense Papa de ton départ ? S'il avait voulu partir, il serait allé à l'ambassade avec vous, non ? Tu penses qu'il voudrait vraiment se déclarer vermine ?

— Ma fille, tu ne veux pas que je le réveille ? Il fait une sieste car il a aidé mon frère à réparer la voiture et qu'ils ont bu un coup. Attends, je vais lui dire que tu es là.

— Non, laisse ! Emilia la retient par le bras. Donne-moi d'abord ton opinion, comme ça je saurai à quoi m'attendre.

— Viens par là un instant, chérie, je vais te dire quelque chose.

Mireya entraîne Emilia quelques marches plus bas, jusqu'au palier intermédiaire, pour l'éloigner à la fois de la chambre où dort Ángel, et du salon où Sofía se balance sur une chaise, l'oreille tendue vers leur conversation.

— Je peux compter sur ton silence, si je te confie un secret ?

— Quel secret ?

— Promets-moi de ne rien dire à personne.

— C'est promis.

Mireya adopte un air de confidence et jette un regard de biais à Sofía.

— Si, ton père est bien venu avec nous à l'ambassade, mais il a changé d'avis et il est parti.

Emilia pince ses lèvres et acquiesce légèrement, mais elle est brisée. Ses forces l'ont abandonnée, ses genoux ne la portent plus et elle craint de s'effondrer. Qu'est en train de lui dire sa belle-mère ?

— Je te le dis pour que tu en tiennes compte, pas pour que tu le jettes à la figure de ton père. Et encore moins pour que tu ailles le répéter, cela pourrait lui attirer beaucoup d'ennuis. Je pense qu'au fond, c'est pour vous qu'il est reparti de l'ambassade, parce qu'il ne voulait pas vous abandonner. D'ailleurs, j'en suis convaincue. Tu te souviens, tu étais dans cette maison à la plage ? Et Eduardito à l'unité militaire, le pauvre. Les yeux couleur miel de Mireya fixent profondément Emilia. La vérité, c'est que maintenant, tu as l'opportunité de décider ce qui est mieux pour toi et pour toute la famille. L'un d'entre vous doit faire le premier pas, tu comprends ? Je lui ai déjà expliqué la même chose des milliers de fois !

Emilia n'arrive pas à croire que son père ait même pu effleurer l'idée de s'en aller sans rien lui dire, sans dire au revoir, bien qu'elle soit sur le point de faire précisément la même chose.

— Oh ! Qu'il est tard ! s'exclame-t-elle, alors que sa voix se casse et qu'elle recule en regardant l'horloge murale. Il faut que je coure à la maison, parce que…

Les mots se coincent dans sa gorge et la phrase reste inachevée. Les larmes qu'elle avait réussi à refouler réapparaissent.

— Mais, ma fille…

Mireya lui prend les mains.

— Désolée, toutes ces histoires de familles qui se séparent me rendent sentimentale, improvise Emilia, sans pouvoir esquisser le sourire qu'elle aurait voulu. Malgré tout, elle remarque que cette dernière phrase a interrompu ses sanglots et lui a permis de se recomposer. Si vous devez partir rapidement et que nous ne nous revoyons pas, bonne chance et que Dieu vous accompagne. Il vaut mieux que je ne dise pas au revoir à Sofía. Bises.

*****

Pepe rassemble les documents les plus importants, met le peu d'argent qu'il a chez lui dans son portefeuille et décide de prendre une petite pause, assis devant les piles de livres entassés sur la petite table en aluminium, contre le mur.

La similitude entre ce qui est en train de se passer et les évènements de 1965 lui paraît flagrante. Comment est-il possible que Carter ne s'en rende pas compte ? Les Américains n'ont-ils rien appris de Camarioca ? Au début des années 60, les Cubains ont été autorisés à quitter librement le pays et des milliers en ont saisi l'occasion. Cependant, à cause de la crise d'octobre 1962, Kennedy a dû suspendre les trois vols quotidiens entre Cuba et les États-Unis alors que beaucoup encore voulaient partir. C'est seulement lorsque Castro a aménagé le port de Camarioca que ceux qui avaient des proches en Floride ont pu leur demander de venir les chercher en bateau. Le président Johnson, en déclamant, au pied de la statue de la Liberté, que les Cubains qui chercheraient refuge aux États-Unis seraient les bienvenus, n'avait pas soupçonné que la quantité de réfugiés deviendrait un problème. Et maintenant, à l'image de Johnson, Carter tient un discours provocateur qui réaffirme sa politique de bras ouverts envers les Cubains qui abandonnent le pays. On verra s'il maintient toujours sa position lorsqu'arrivera une véritable vague de réfugiés. Pepe se rappelle bien qu'à l'époque, Johnson a dû demander de l'aide à Castro pour mettre fin à la crise migratoire. Comme le dit Emilia, Camarioca est la preuve irréfutable que Fidel peut ouvrir les frontières quand il le souhaite pour libérer la pression interne et nettoyer l'île de ses dissidents. Les Américains n'ont-ils pas retenu la leçon ?

— On ne peut pas voir de génie là où il n'y en a pas. Ces Américains n'apprendront jamais, se dit-il en ouvrant grand les yeux et en secouant la tête de chaque côté, à demi déconcerté, à demi déçu.

Incroyable : il vient de se surprendre en train de gesticuler tel le tyrannosaure lui-même. Il ne lui manque plus qu'à lever les bras et à taper ses tempes à plusieurs reprises. Il imagine son ennemi juré en train de se toucher la barbe et déambuler d'un bout à l'autre de son bureau, Place de la Révolution. Il contourne son pupitre, pose la main sur une chaise et en passe une autre à travers une bibliothèque où sont exposés deux petits bustes de Martí et de Napoléon. Le despote serre alors le poing et tend son index vers ses interlocuteurs, qui s'enfoncent dans leurs sièges alors qu'il les sermonne avec une intensité dramatique : « Il faut qu'on leur montre à nouveau, aux Yankees, comme il est facile de démanteler leur politique d'immigration. Et oui, nos problèmes sont également les leurs, puisque ce sont eux qui les ont créés. Et nous verrons bien si c'est depuis ici ou Washington que l'on contrôle les frontières des États-Unis. Une fois de plus, ces Yankees finiront par dévorer le festin de leurs propres ignorance, orgueil et obstination. »

Pepe est tellement perdu dans ses rêveries qu'il n'a pas vu ni entendu Emilia rentrer. Et la pièce sent le riz brûlé.

Cuatro Ruedas - El Mosquito - Mariel

L'après-midi du 8 mai, Emilia et Pepe rejoignent le groupe hétérogène de dissidents qui entrent dans ce lieu désormais renommé le « bureau de la vermine », à Cuatro Ruedas, un terrain vague fermé par des panneaux de deux mètres de haut. Là, ils font l'objet d'insultes et de violences d'un côté comme de l'autre.

À l'intérieur, la bureaucratie imposée par les autorités ralentit l'avancée des files. L'incertitude, la méfiance et la peur sont palpables. À la tombée de la nuit, Pepe glisse à

Emilia que les procédures devraient commencer à s'accélérer d'un moment à l'autre. Après tout, les fonctionnaires aussi doivent dormir et donc terminer leur travail pour pouvoir rentrer chez eux. Mais cet espoir naïf s'évanouit quand ils voient les agents assis aux bureaux se faire remplacer par d'autres, dans la plus grande impassibilité.

Même si leur file avance très lentement, le couple est obligé de rester debout toute la nuit. C'est à sept heures du matin, fatigués, somnolents et les jambes endolories, qu'ils se présentent devant un officier de l'immigration.

— Casier judiciaire ? demande l'homme, d'un ton apathique. Il a la mâchoire inférieure avancée et ses joues pendouillent mollement, comme celles d'un chien.

— Prisonnier politique, répond Pepe.

— Et elle ?

— C'est ma femme. Elle est également contre ce qui est en train de se passer, elle a autant de raisons que moi de s'en aller.

— Ta femme. Bien. As-tu apporté les papiers du procès et ta carte de liberté conditionnelle ?

— Voilà tout ce dont vous avez besoin, dit Pepe, posant plusieurs papiers sur la table.

— Seulement ceux que je t'ai demandés.

Luttant contre une fatigue nerveuse, Pepe trouve les deux documents et les place dans la main de l'officier sans mot dire. De l'autre côté de la table, celui-ci commence à lire à voix haute, puis interrompt sa lecture.

— Quoi d'autre, à part antirévolutionnaire ? Homosexuel ? Voleur ? Santero ? Témoin de Jehova ?

Pepe se limite à secouer la tête en silence.

— Témoins de Jehova, les deux, dit Emilia, d'un coup. Elle se demande si l'officier va considérer leur cas en tant que couple, s'il va l'interroger toute seule ou bien s'il va tenter de les humilier en public.

Pendant ce temps, à la table de gauche, un homme blond, plutôt mince, est en train de raconter à son interrogateur les détails de plusieurs cambriolages auxquels il a participé : lieux, dates, objets, quantités et complices. À leur droite, deux femmes officiers tentent de forcer un quinquagénaire qui a dû dire qu'il était homosexuel à toucher les fesses du jeune métis aux manières efféminées qui se tient à côté de lui.

— Alors, dis-nous, t'es actif ou passif ? demande l'une des femmes.

L'homme reste immobile quelques secondes, puis attrape une fesse et serre.

— Hé ho ! On ne dirait pas comme ça, mais c'est un sauvage. Regardez-moi ça ! C'est certain que j'aurai un bleu ! Je veux arriver à Gringoland entière, moi, Broadway m'attend !

— C'est une chose d'être homo, c'en est une autre de n'avoir aucune dignité du tout. Va te mettre dans cette file-là, va, ordonne la femme au jeune, contenant difficilement son sourire.

— *New York, New York* ! chante-t-il en s'éloignant.

— Et toi, vieille tapette bon marché, va te mettre derrière ta femmelette, puisque tu aimes tellement son cul, et avant qu'on change d'avis et qu'on te fiche dans un groupe qui te dévorerait comme des piranhas.

— Déposez vos cartes d'identité dans le panier et placez-vous derrière ces deux-là pour la prise d'empreintes digitales, aboie finalement l'officier en face d'Emilia et de Pepe, après leur avoir fait signer les formulaires qu'il avait remplis.

Après avoir recueilli leurs empreintes, on les fait patienter face à la porte d'entrée d'un autobus Girón, avec d'autres personnes.

Lorsqu'elle entend que certains ont dû passer deux jours dans cette porcherie, Emilia met sur le compte des antécédents politiques de Pepe la rapidité avec laquelle a été traité leur dossier. Pendant un instant, elle ressent le besoin de raconter à son mari qu'Ángel était entré puis ressorti de l'ambassade, un jour où ils étaient à la plage. Quelles raisons a-t-elle de garder le silence ? Elle a fait une promesse à Mireya, mais à l'heure qu'il est, celle-ci a déjà sûrement tout divulgué aux quatre vents. Un secret à deux personnes n'existe pas. Il aurait été mieux gardé si Mireya ne lui avait pas raconté. C'est une sacrée faveur qu'elle lui a faite ! Un secret de famille est un poids trop lourd pour ses petites épaules. Et puis, plus elle attend avant de le révéler à Pepe, moins elle méritera la confiance de son mari. C'est elle, à présent, qui porte la maudite croix !

Non loin de l'autobus, à côté de l'abri qui sert de bureau, deux hommes descendent d'un camion-citerne. L'un d'eux se met immédiatement à dérouler un tuyau et, après en avoir démêlé les nœuds, crie à son collègue qu'il allume la pompe. Dès qu'il entend le moteur, l'homme dirige le tuyau vers le groupe qui attend à côté du bus. Quelques secondes suffisent pour que le jet puissant mette à terre plusieurs personnes avant de se diriger vers des réservoirs d'amiante-ciment.

La femme officier aux cheveux courts qui les a emmenés jusqu'ici réapparaît de derrière l'autobus.

— Ne vous plaignez pas, c'est pour éviter les épidémies.

Elle tapote le pare-brise du bus avec ses phalanges et fait quelques signes au chauffeur et à l'autre homme en uniforme vert olive qui discutent à l'intérieur, portes et fenêtres fermées.

— Allez ! Montez ! Rapidement ! ordonne-t-elle ensuite au groupe qui ne peut que se presser contre la porte qui est toujours fermée.

Dès qu'ils le peuvent, les passagers entrent et s'installent dans le bus. Beaucoup sont trempés jusqu'aux os et d'autres sont blessés. Le véhicule ne tarde pas à se mettre en marche.

Quelques secondes seulement après avoir passé les panneaux de la sortie, Emilia entend un gros bruit suivi de cris. On leur a lancé un œuf depuis le trottoir. Par chance, il s'est écrasé sur une colonne, mais a tout de même touché quelques personnes. Le peu de fenêtres restées ouvertes se ferment les unes après les autres, juste avant qu'un groupe qui les attendait sur la route se mette à leur lancer des pierres. Des passagers se jettent au sol. Emilia baisse la tête.

— Détendez-vous, le danger est passé, lance le chauffeur au rétroviseur intérieur, une fois que le bus est à vitesse régulière.

Quand la majorité a retrouvé son calme, le deuxième officier se lève et projette sa voix jusqu'au fond du véhicule.

— Là où nous allons, ils vont prendre tout votre argent. Si vous désirez nous laisser quelque chose, vous pouvez me le remettre à moi.

À ce moment-là, l'autobus prend un virage et s'avance sur une route de terre qui fait parfois contact avec le châssis. Casquette en main, l'homme avance entre les sièges en regardant les passagers dans les yeux. Ceux-ci l'observent, incrédules mais à la fois bien conscients qu'il dit la triste vérité. Après avoir remonté l'allée centrale dans le silence le plus total et récupéré le contenu de sa casquette, le type se remet à crier.

— Retenez le numéro du bus, c'est ainsi qu'on vous appellera. Deux cent quatorze. Deux, un, quatre.

*****

Du promontoire où ils se sont arrêtés, ils voient autant de bus repartir qu'arriver, tous complets, sans personne debout. À la différence de Cuatro Ruedas, il n'y a pas de horde postée à l'entrée de ce lieu et Emilia peut sentir l'odeur de la mer.

— Campement El Mosquito. Tout le monde descend, annonce le chauffeur.

On les entraîne dans un baraquement où des femmes et des hommes en uniformes de douaniers leur ordonnent de déposer leur argent dans une caisse en carton. Ils les enregistrent et confisquent leurs montres, bijoux, clés, portefeuilles, et toutes les coordonnées d'autres personnes. Ils leur remettent ensuite des sauf-conduits numérotés, ainsi que les instructions suivantes : en arrivant aux États-Unis, ils doivent dire aux autorités qu'ils sont des demandeurs d'asile provenant de l'ambassade du Pérou, sous peine de quoi ils ne seront pas acceptés. Enfin, on leur dit qu'ils peuvent trouver un endroit à l'extérieur du bâtiment où s'installer.

Mais l'espace se fait rare dans ce nouvel enclos, perché en haut d'une falaise. Plus de mille personnes y sont concentrées comme des sardines en boîte. En parcourant le lieu avec Pepe, Emilia fait l'inventaire de tout ce qu'elle voit dans sa tête. Il y a quelques pieds de vigne, quelques tentes, et des barbelés censés séparer l'endroit en sections pour les exilés de l'ambassade, les personnes en processus de réunification familiale, les prisonniers politiques, et les autres. Tout le monde s'est mélangé et déambule sur le campement en attendant d'être appelé. Certains disent qu'ils sont là depuis cinq jours. Enfin, elle aperçoit la mer : il n'y a aucun bateau en vue et le soleil commence à décliner.

D'un côté de l'escarpement, des gens font la queue dans un bourbier qui s'est formé sur une masse rocheuse et collent leurs visages à la pierre tranchante pour boire dans un bassin à ras le sol. Non loin du point d'eau, des soldats ont monté une énorme marmite sur des blocs de ciment disposés autour d'un feu de bois. Dans celle-ci, ils remuent du riz, de l'eau, et plusieurs douzaines d'œufs. Ils servent la concoction ainsi qu'un œuf dur avec sa coquille entre les mains de ceux qui passent par là, tels Emilia et Pepe qui avalent un peu de bouillie de riz et écalent les œufs tout en continuant à marcher dans le campement. Malgré la sciure de bois que les militaires mettent dans le coin où l'on fait ses besoins à la vue de tous, les odeurs d'urine et d'excréments sont insupportables.

Le couple passe cette première nuit entre le récif et une tente. Vers quatre heures du matin, le bruit de bottes sur la boue et les flashes lumineux empêchent Emilia de dormir. Armés de mitraillettes AKM, des militaires libèrent des bergers allemands qui ne mordent pas mais qui affolent assez les gens pour qu'ils tombent et se blessent sur les rochers. Emilia se serre contre Pepe. En face d'elle, deux jeunes assis dos à dos, apparemment morts de fatigue, n'ont pas l'air de remarquer l'agitation. Jusqu'à ce qu'un museau humide et agité se mette à renifler les chaussures de l'un d'entre eux, puis entre en contact avec la cheville. L'animal reçoit alors un coup de pied sec sur les babines et pousse un cri plaintif en s'éloignant, la queue entre les pattes.

— Qu'est-ce qui lui est arrivé, à ce chien ? aboie un militaire.

Pas de réponse. Sans peur, mais avec précaution, deux ombres se frayent un chemin dans la foule et s'y fondent comme si elles n'avaient jamais existé.

*****

L'après-midi se déroule lentement, sans progrès aucun pour la situation du couple.

— Si vous ratez le numéro de votre bus parce que vous dormez, vous ne pourrez pas partir. Vous entendez ? Ouvrez bien vos oreilles, on ne prend pas les plaintes et réclamations, ici.

Le militaire qui vient de donner cet avertissement commence à énoncer prénoms et premiers noms de famille. Les personnes désignées doivent répondre avec leur deuxième patronyme, sous peine de rater leur bus et, avec lui, la possibilité d'émigrer.

Vu la situation, mieux vaut s'organiser, se dit Pepe, à la tombée de leur seconde nuit à El Mosquito. Il forme un groupe avec quatre compagnons de tente et chacun apprend par cœur les numéros des bus des autres. Ainsi, ils pourront se prévenir s'ils entendent que l'un va partir.

Le plan fonctionne : un peu avant trois heures du matin, des voix le réveillent.

Il se redresse d'un bond, comme monté sur un ressort, secoue Emilia et ils se mettent tous deux à courir vers les bus en criant :

— Ici, José Antonio Galán Brito et Emilia Ribot !

— Emilia Ribot Hernández !

Dans l'obscurité, on les conduit vers une piscine abandonnée avec trente autres personnes. On leur dit de descendre d'un côté, en file indienne, de patauger dans l'eau stagnante pleine de feuilles pourries qui atteint cinquante centimètres au centre, et de ressortir de l'autre côté. Une fois le rituel dans l'eau fétide terminé, ils sont à nouveau escortés vers la zone des bus. Là, debout sur le marchepied de la porte avant, un officier à la peau cuivrée lit avec difficulté les noms de ceux qui doivent monter.

Profitant de la confusion générée par la lecture de la liste, près d'une dizaine de personnes agglutinées devant la porte parvient à se faufiler dans le bus en quelques secondes.

— Plus un geste ! Vous ne partirez d'ici que si j'appelle votre nom ! Et que personne ne fasse le malin ou je file une râclée au premier venu, hurle le militaire en lançant des coups de pied.

Quand l'homme parvient à rétablir l'ordre, Emilia et Pepe ont déjà réussi à grimper à force de bousculades. Ils avancent rapidement vers l'arrière, les sièges de devant étant occupés. Elle réussit à en trouver un au fond, mais il semble que Pepe ne trouve pas de place. Le regard d'Emilia alterne entre la tête de l'officier et celles des passagers assis. Est-ce vraiment si difficile d'organiser la procédure pour que montent uniquement les personnes qui sont venues ensemble et dont les noms figurent sur la liste que l'homme tient à la main ?

— Si quelqu'un n'a pas de siège, il doit descendre et prendre un autre bus, crie l'officier en regardant vers le fond, avant de se mettre à compter les têtes.

Le bus empeste à cause de l'épreuve du bassin. Emilia et Pepe se fixent un instant et il hausse les épaules. Elle continue désespérément à regarder dans tous les sens, mais elle ne lui trouve pas de siège. À ce moment-là, elle reçoit un coup de coude dans les côtes droites. Inquiète, elle tourne la tête en direction du coup. Elle ne parvient pas à voir clairement la tête grisonnante de l'homme, à quelques centimètres de la sienne, mais elle distingue une dent en or articuler, tout bas :

— Dis-lui qu'il s'assoie par terre entre nous et qu'il baisse la tête.

*****

Le bus les dépose à l'entrée du port de Mariel, gardée par des soldats armés. Après avoir rangé le groupe en file indienne, deux officiers les mènent à un hangar où se trouvent des bancs en bois orientés vers les docks. On les fait s'asseoir sur les rangs les plus éloignés de la mer et on leur explique qu'ils doivent passer à ceux de devant à mesure qu'ils se libèrent.

Après avoir avancé à la moitié, Emilia observe le pont d'un bateau bondé de monde, elle voit même des jambes qui pendent depuis le toit de la cabine et les mâts. Pepe lui fait signe que c'est leur tour d'avancer, mais un officier leur ordonne de ne pas bouger et envoie un groupe d'hommes à leur place. Dans celui-ci, il y en a qui parlent tout seuls et d'autres qui bavent. Ce ne sera pas la dernière fois qu'on les empêchera d'atteindre le premier rang.

Depuis les bancs, ils ne passent pas directement aux bateaux, on les fait attendre debout sur les docks, en rang d'oignons, sous le soleil brûlant.

— Donne m'en cinq, vite ! Emilia entend crier depuis un débarcadère.

— Tu es seule avec tes enfants ? Personne d'autre ? demande-t-elle pressamment à la jeune femme qui se tient devant eux. Elle tient la main d'un garçon d'environ six ans et celle d'une petite fille, pas plus grande que trois ans.

— Oui, pourquoi ?

— Cinq, ici ! Nous sommes cinq ! crie Emilia de toutes ses forces, en sautant et en agitant une main en l'air pour attirer l'attention.

L'officier en charge de la formation des lignes leur dit de quitter leur place et de se diriger rapidement vers son collègue qui leur fait signe sur le yacht.

— La poupée ! crie-t-on depuis les rangs.

La mère tourne la tête un instant et, ne voyant pas le jouet, dit à sa fille de continuer à courir vers le débarcadère. Alors qu'ils avancent à grandes enjambées, un projectile part des docks et effectue une parabole parfaite jusqu'aux bras tendus d'un passager du *Lady Marion*. On entend des applaudissements, à terre comme sur les bateaux, et la poupée passe de mains en mains pour arriver jusqu'à la petite fille.

— Bravo ! Difficile de trouver meilleur cadeau pour aujourd'hui ! dit Pepe à la femme, en souriant, tandis qu'ils s'installent du côté droit de la proue.

— Merci, répond-elle, et elle réalise que c'est le deuxième dimanche de mai, le jour de la fête des Mères.

La jeune femme presse ses enfants contre ses hanches et soupire, consciente que parmi les passagers, il y a des mamans qui n'auront pas eu l'affection de leurs enfants aujourd'hui, et des enfants qui ne reverront peut-être jamais leurs mères.

*****

Le *Lady Marion* doit attendre. Personne ne peut sortir du port avant que les autorités n'octroient tous les permis nécessaires. Au fil des heures, malgré la réticence générale à raconter ses problèmes, la conversation commence à s'improviser entre les Cubains de l'île et ceux en exil. Même Emilia est en train de discuter avec une dame de cinquante ans, aux cheveux noués dans un foulard et aux yeux vifs et brillants. Elle dit qu'elle est venue chercher sa mère, son père étant décédé à Cuba quelques années auparavant.

— Excusez-moi, quel est votre nom ? demande Pepe, pour rejoindre la conversation.

— Carmen. Enchantée.

— José Antonio. Un plaisir. Pepe serre la main qu'on lui tend et continue : Carmen, vous étiez en train de dire à ma femme qu'après la crise des missiles de Cuba, beaucoup de familles s'étaient retrouvées séparées par le détroit. C'était comment, avant qu'ils ne suspendent les vols ? N'importe qui pouvait partir ?

— Enfin, Pepe ! l'arrête Emilia, Carmen n'est pas là pour...

— Non, non. La dame fait un geste pour signifier que tout va bien. Cela ne me dérange pas, il peut demander. Entre 59 et 62, voyez-vous, des Cubains qui vivaient en Floride, il y en avait un quart de million. Ce chiffre vous donne une idée de la popularité du nouveau gouvernement à ce moment-là. Mais ça n'avait rien à voir avec ce qui est en train de se passer maintenant. C'est un scandale, une honte pour les communistes.

— Et pendant Camarioca ?

— La première fois qu'ils ouvrirent, oui, Monsieur, beaucoup de bateaux sont venus, emportant des milliers de personnes. Mais, croyez-moi, ce n'était pas comme ça.

— Vous êtes partie quand c'étaient les politiciens, les avocats, les médecins et les hommes d'affaire qui s'en allaient ? L'âge d'or de l'exil, non ? Parlez-nous un peu de cette époque, Carmen, pour passer le temps de manière agréable.

— Mais c'est un interrogatoire ou quoi ? proteste Emilia en donnant un coup de coude à son mari.

Carmen sourit, disposée à continuer à bavarder.

— Dans notre cas, une agence de relocation nous a trouvé une maison et un travail dès notre arrivée. Il y avait aussi des cours d'anglais, des prêts pour étudier à l'université, et plein d'autres aides pour devenir un vrai résident et citoyen. Cela a changé depuis, mais ne vous préoccupez pas de ce que vous laissez derrière vous. Une fois dans le Nord, si vous êtes prêts à travailler dur, vous pourrez réaliser tout ce que vous voudrez.

— Dans le Nord et n'importe où ailleurs qu'ici, marmonne Pepe. Ce pays est une cause désespérée. Connaissez-vous la blague de l'agent de la CIA envoyé à Cuba pour comprendre pourquoi Fidel était encore au pouvoir ?

— Non, mon enfant. Raconte-la-moi.

— Eh bien, après avoir passé des mois sur l'île à tout observer et analyser, l'agent doit rédiger son rapport. Il écrit : « La situation est compliquée. Il n'y a pas de chômage, mais personne ne travaille. Personne ne travaille, mais tous les objectifs de production sont atteints. Tous les objectifs de production sont atteints, mais il n'y a personne dans les magasins. Il n'y a personne dans les magasins, mais le Cubain survit. Le Cubain survit, mais il proteste sans arrêt. Il proteste sans arrêt, mais il va ensuite Place de la Révolution pour applaudir Fidel. Il applaudit Fidel, mais il passe toute la journée à souhaiter sa mort. »

— Elle est bonne ! J'aimerais pouvoir la répéter, mais elle est un peu compliquée.

— Tout comme la vie, ici. Nous…

— Lui, lui là-bas ! crie une femme.

Deux hommes sont en train de se saisir d'un troisième pour lui arracher sa veste. Ils le jettent au sol et l'attachent à la base d'un siège avec une ceinture.

— Je trouve terrible que ce bateau si beau et si propre soit rempli de toute cette canaille, pauvre capitaine, dit Carmen, à voix basse. Que je sache, ces gens avec les chemises moulantes aux couleurs criardes n'ont rien à voir avec nous, qui avons payé pour venir.

— On voit tout de suite que ce sont des fous et des prisonniers de droit commun, intervient la femme qui a crié. L'homme qui a volé la veste n'arrêtait pas de demander quand est-ce que le docteur allait venir. Et regardez discrètement l'autre, la boule à zéro et pieds nus. Il dit qu'ils l'ont menacé de rallonger sa sentence s'il refusait de partir.

Emilia retire son pied pour laisser passer l'un des hommes en question. Elle observe en silence le manque d'espace, les visages émaciés et les regards anxieux qui l'entourent. Elle appuie alors son dos contre la barrière du pont et tend le cou, espérant apercevoir son père et son frère sur le quai.

*****

Toujours sans autorisation de sortie du port, Bob Nash remarque comme, d'un voyage à l'autre, les conditions ont empiré au point que le port de Mariel ressemble presque à un camp de concentration flottant. À l'instant, un militaire vient de lui amener vingt-cinq personnes de plus. Puisque le nombre d'embarcations pouvant entrer au port est réduit à cause du mauvais temps, il fallait se douter que le gouvernement en profiterait pour caser le plus de monde possible dans les bateaux sur le départ. Cela étant, ce garde en particulier semble obstiné à vouloir surcharger le *Lady Marion*. Ne voit-il pas qu'il est déjà plein à craquer ? Est-ce un véritable taré ou juste un fils de pute ?

— On ne peut pas faire monter vingt-cinq personnes de plus, *for God's sake* ! Le bateau va couler ! tente-t-il de lui faire comprendre par des gestes désespérés.

— Pas de problème, mais alors tous les Cubains restent ici.

— Monsieur, intervient Dave, vous devez comprendre...

— Allez hop, tout le monde descend !

— Mais ! protestent les Cubains à l'unisson.

— Mais rien. On n'a pas encore pu s'occuper des personnes que chaque bateau veut amener aux États-Unis, explique l'officier, les yeux fixés sur Dave comme si rien d'autre n'existait. Vous devez coopérer et prendre les personnes qui sont prêtes à partir. Il n'y a pas de privilégiés, ici. Les personnes inscrites pour la réunification partiront sur d'autres bateaux, encore à quai ou sur le départ. Si les passagers de celui-ci ont déjà réclamé leurs proches, ils peuvent être rassurés, ils partiront tôt ou tard. Là, ce qui se passe, c'est qu'on est en train de perdre du temps et de tout ralentir.

Les exilés se tournent vers Bob, les yeux exorbités. Ils ont l'air de lui demander en cœur si le yacht pourrait atteindre la Floride sans couler, malgré la surcharge.

— *All right. Fine.* Ce n'est pas sérieux, mais que peut-on y faire ?

C'est ainsi que, une semaine après son troisième amarrage à Mariel, et avec une centaine de personnes à bord, le *Lady Marion* rejoint le flux continu d'embarcations qui sortent du port. Bob s'éloigne du brouhaha pour aller déballer quatre gilets de sauvetage, qui, avec les autres parsemés à différents endroits du bateau, ne font même pas une douzaine.

La traversée

Dès que le soleil est couché, il commence à tonner et la mer se lève. Les centaines de bateaux de toutes tailles constituent une flotte impressionnante. Des rumeurs circulent d'un bateau à l'autre et, dans le *Lady Marion,* on apprend qu'un crevettier a fait naufrage.

La nouvelle ne surprend pas Emilia, qui peut apercevoir les vagues se soulever plus haut que les petits bateaux sans défense. Parfois, les plus petits disparaissent complètement pour ressurgir quelques secondes plus tard. Cela ne dure qu'un instant, mais l'angoisse de savoir s'ils vont réapparaître ou non est telle qu'Emilia préfère ne pas regarder. Accrochée à la rampe qui entoure le pont du bateau, elle écoute le vrombissement du moteur. Elle se doute que le mauvais temps et la surcharge empêchent le bateau d'atteindre le maximum de ses capacités. Les bruits de leur pénible avancée enveloppent son désir d'arriver, son envie d'appeler son père et de tout lui raconter, tandis qu'une brise lui souffle ses boucles denses et frisées devant les yeux.

— Je ne veux personne debout, s'il vous plaît. Personne debout, s'il vous plaît, clame Bob.

Par manque d'espace, Emilia est obligée de serrer ses genoux contre sa poitrine pour pouvoir s'asseoir. Elle sent le choc des vagues sur la coque contre le bas du dos et son corps tremblant se contracte à chaque embardée. Dans la pénombre, priant pour que le bateau ne se casse pas, elle regarde du coin de l'œil les visages épouvantés qui se dessinent sur des surfaces d'un blanc fantasmagorique. La majorité sont des hommes. Certains ont une barbe de plusieurs jours : ils sont fatigués, blessés, recouverts d'œuf ou de boue. Les autres sont rasés et on les voit tenter de s'endormir ou bien de ramper, glissant çà et là, défiant ce qui, à chaque bourrasque, ressemble de plus en plus à un vent de tempête. Bien qu'ils habitent une île, beaucoup voyagent en bateau pour la première fois. Et si les mouvements étaient déjà maladroits avant qu'ils ne se mettent en route, les secousses sont maintenant constantes. La proue qui ne cesse de se lever vers le ciel noir pour redescendre avec fracas en direction des profondeurs déclenche sans surprise le mal de mer et des vomissements. Un jeune homme pris de spasmes vient de rendre le peu qui devait lui rester dans l'estomac. Cela donne instantanément l'envie de vomir à Emilia, qui résiste et contient sa nausée.

Non loin du *Lady Marion*, le *Sea Hunter*, sept mètres et demi de long et bien trop chargé, va à la dérive. Le *Mandy*, de taille similaire et également à la dérive, prend l'eau et a été évacué. Heureusement, les garde-côtes américains aident à alléger la charge humaine dans les embarcations qui se trouvent en péril. Le *Dallas*, par exemple, compte deux cent soixante réfugiés à bord et remorque six navires avec cent autres personnes. Le *Diligence*, qui vient de porter secours aux vingt-huit occupants d'une embarcation qui était en train de couler, escorte un convoi de vingt-trois bateaux transportant environ mille cinq cents personnes. Un autre bateau, nommé le *Courageous*, tire aussi plusieurs barques derrière lui et compte environ deux cents réfugiés.

Les garde-côtes ne sont pas les seuls à offrir leur assistance aux bateaux en difficulté. Le *Lady Marion* remorque également un zodiac en panne d'essence portant quinze passagers.

*****

Vers cinq heures du matin, une pluie soudaine calme la mer, trempe instantanément tous les passagers et lave le vomi sur le pont du *Lady Marion*. Un navire américain qui s'est approché du flanc tribord lance des gilets de sauvetage au zodiac et des grands sacs avec des sandwiches et des bouteilles d'eau au yacht de Bob.

Dave, qui s'est frayé un chemin jusqu'à la poupe, passe discrètement un couteau à l'homme qui vient de Kendall et lui dit :

— Si tu vois que le zodiac commence à couler, coupe la corde ou nous coulerons tous.

L'homme acquiesce d'un clin d'œil complice.

— *Keep going ! Keep going !* crie-t-on depuis le bateau américain.

Bob et Dave signalent que tout va bien à l'hélicoptère au-dessus de leurs têtes, qui continue à les survoler avec un bruit assourdissant jusqu'à ce que la vedette militaire des garde-côtes cubains qui s'est approchée à bâbord fasse demi-tour et retourne vers l'île.

— Essayez de nous attraper maintenant, bande de lâches ! Bâtards ! crie un homme depuis le zodiac qu'ils remorquent.

Plusieurs passagers du *Lady Marion* reprennent :

— Fils de pute !

— À bas, Fidel !

*****

La monotonie monochrome du ciel est passée du noir à un bleu de plomb, seule une bande grise éclaircit la mer vers l'est.

— *That's Key West, Cayo Hueso, Fucking US of A*, annonce Dave, euphorique.

Bien que personne ne puisse voir quoi que ce soit dans cette direction, le commentaire remonte le moral de tous les passagers du voilier à moteur. Avec enthousiasme, Emilia cherche la silhouette des gratte-ciels et met un certain temps à distinguer un minuscule point à l'horizon.

Le point disparaît de temps en temps, comme le ferait un mirage. Petit à petit, il adopte la forme d'un court trait vers le haut, mais la jubilation qu'il suscite se calme lorsque les passagers ne remarquent aucun autre changement. En haut de ce qui ressemble à la pointe d'un clocher d'église, la seule chose qui change est la couleur du ciel, passant du gris à un rose aux tons chauds.

*****

Une nouvelle aube et le soleil brille avec ardeur sur un bleu clair et uniforme. Bien que leur progression ait été plus manifeste lors de la dernière demi-heure, cela fait déjà un moment que le capitaine du *Lady Marion*, au lieu de s'attacher au premier quai ou de s'amarrer à la terre ferme, même si c'est un vrai marécage, garde prudemment le bateau à distance de la côte. Dans le but de calmer ses nerfs, Emilia se dit qu'au moins, le mal de mer et les nausées ont disparu, et qu'elle oubliera tout cela dès qu'elle posera un pied sur le territoire américain.

D'un coup, elle entend des cris de femmes et des applaudissements. Quelqu'un vient de se mettre à l'eau et un autre jeune vient de faire de même. Emilia croise le regard de Pepe. Sans dire un mot, le couple se prend la main et se tient immobile.

*****

Le *Lady Marion* a laissé derrière lui la longue file de bateaux qui attendent pour s'amarrer et le 17 mai 1980, peu après neuf heures du matin, il finit par s'attacher au dock de Truman Annex, à Key West.

— Moi je ne descends pas ici, ce garde va tous nous mettre en prison, commente une dame âgée en voyant un militaire en uniforme s'approcher du navire.

— Madame, vous êtes dans le pays de la liberté, à présent. Oubliez la peur et la prudence, l'encourage un des hommes en chemise de rayonne avec des motifs d'amibes bleues, rouges et vertes.

Comme pour prouver qu'il a raison, l'homme saute sur le quai, euphorique. Il s'accroupit, place ses paumes au sol et se met à embrasser le béton.

— Liberté ! Liberté ! s'exclament d'autres, dès que leurs pieds touchent la terre ferme.

Depuis le quai, une représentante de la compagnie de tabac Phillip Morris tend un bras vers le *Lady Marion*, plusieurs paquets de Marlboro à la main. La femme sourit quand un photographe, à genoux, immortalise la scène des Cubains qui acceptent les cigarettes avec plaisir.

— Ils donnent des Marlboro gratuites !

En entendant la remarque, une dizaine d'insulaires s'élancent de bâbord à tribord et manque de faire chavirer le bateau. Les Américaines, obligées de faire un bond en arrière, se tiennent livides et droites comme des bougies.

— Regardez les réfrigérateurs remplis qui nous attendent ! lance un des hommes encore à bord, désignant les cabines de toilettes portables. Regardez comme les gens entrent, bouffent, et sortent satisfaits.

— Mec, on ne me la fait pas. Je viens peut-être de la campagne mais je ne suis pas qu'un stupide fermier, répond sans le regarder un homme au crâne rasé, avant de lui passer devant dans la file pour descendre du bateau.

Non loin de ces toilettes, six hommes avec des chemises criardes et froissées, les poches remplies de paquets de cigarettes, entrent dans un conteneur où on leur indique qu'ils peuvent prendre des vêtements apportés par des résidents cubains. Derrière une barrière, à côté des conteneurs, une foule de personnes applaudit et crie alors que les insulaires sont escortés par des agents du Service d'Immigration vers la base aéronavale.

Depuis la base, après les avoir accueillis avec une canette de Coca-Cola et une pomme, on les transporte en bus jusqu'au stade Orange Bowl, où ils passent la nuit avant de partir pour l'aéroport d'Opa-locka.

Une fois là-bas, ils sont pris en charge dans le calme et l'ordre. Les officiers sont aimables, parfois impressionnés par le niveau universitaire et l'expérience professionnelle de certains. Si les réfugiés tentent de leur parler anglais, ils les remercient mais persistent à utiliser l'espagnol. Malgré tout cela, Emilia remarque que les Américains paraissent contrariés, craintifs, ou quelque chose du genre. Elle le sent dans les échanges de regards rapides et vifs, dans les mouvements presqu'imperceptibles sur leurs fronts et entre leurs sourcils. Comme elle ne peut vérifier ce qui pourrait très bien être le fruit de sa propre paranoïa, elle arrête de s'en préoccuper. Elle est persuadée qu'elle sera vite remise de cette traversée de l'enfer une fois résidente de cet autre monde qui l'accueille avec des cigarettes, du Coca-Cola, des pommes et tellement de ressources.

Quelques jours plus tard, dans un journal en anglais qu'elle trouvera sur le siège d'une laverie locale, elle apprendra qu'elle a mis le pied sur le sol américain juste au moment où il y a un couvre-feu à Miami et que quatre mille policiers venant de tout l'état encerclent les quartiers noirs. Des Afro-Américains ont mis le feu à des véhicules, commerces et bâtiments pour protester contre l'acquittement récent de quatre policiers blancs qui, en décembre 1979, ont battu à mort un agent d'assurance noir pour une infraction de la route. En plus du couvre-feu et du renforcement du personnel de sécurité, ils ont temporairement interdit la vente d'armes et d'alcool.

Opération départ

La sonnette retentit. Mireya baisse le son du téléviseur et se penche par-dessus le balcon, d'où elle peut apercevoir deux soldats devant sa porte.

— Mireya González Pulido, demande l'un des soldats.

— C'est moi. Un instant, je descends.

Elle trouve étrange qu'ils soient venus à pied. D'après ce qu'elle avait entendu dire, les procédures de sortie du territoire étaient effectuées par des officiers du Ministère de l'Intérieur à moto. Il n'y a qu'une manière de savoir qui ils sont et ce qu'ils veulent, se dit-elle en descendant les escaliers. Toutes ces nuits blanches passées dans l'attente du bruit d'une moto, toutes ces fois où elle a couru au balcon en croyant en entendre une ! Tout cela pour que ces deux-là se présentent à pied, à dix heures du soir, alors qu'elle vient de s'assoir devant la télévision !

— Immigration, entend-elle dès qu'elle ouvre la porte. Votre fille est-elle à la maison ?

— Bonsoir. Pourquoi cette question ?

— Madame, répondez. Est-ce que votre fille est bien avec vous ?

Mireya sent que les voisins l'observent à travers les fentes à l'étage du dessous et depuis les balcons. C'est mieux comme ça, pense-t-elle. Qu'ils épient tant qu'ils veulent, mais chacun chez soi.

— Ne pouvez-vous pas me dire de quoi il s'agit, pour que je…

— Laissez-nous entrer si vous ne voulez pas attirer l'attention des voisins.

— D'accord, entrez.

— Apportez-moi vos papiers d'identité, la carte de mineure de la petite et les sauf-conduits qu'on vous a donnés à l'ambassade. Vous avez dix minutes pour abandonner les lieux. Vous ne pouvez rien prendre avec vous, à part les passeports et les sauf-conduits. Apportez-nous aussi les clés du domicile, des collègues vont venir sceller la porte.

C'est l'heure de vérité et voilà que le doute s'installe. Mais la rapidité de l'opération lui suffit pour réaffirmer sa volonté de partir. Il n'y a pas de temps à perdre et pas de raison d'exaspérer les officiers, se rappelle-t-elle en entrant dans la chambre de Sofía, qui dort tranquillement. Après l'avoir observée un instant et lui avoir dit tout bas qu'il n'y a pas de futur à Cuba, elle caresse doucement sa joue et lui murmure à l'oreille que le moment est venu et qu'elle doit s'habiller.

— Vous avez tout ? Suivez-moi, je vous emmène à l'aéroport, dit l'autre soldat, depuis le bas des escaliers.

Mireya prend la petite dans ses bras, l'embrasse, et sort dans l'allée presqu'en courant entre les deux hommes. Ce fameux départ, elle l'avait toujours imaginé comme un moment joyeux, où elle prendrait une profonde inspiration et s'abandonnerait à la liberté tant désirée. Mais là, on dirait plutôt une rafle humiliante et elle a presque peur qu'on lui passe les menottes.

Dans la rue principale, un bus les attend, le moteur en marche. Il se met en mouvement dès qu'ils sont installés. C'est là que Mireya se rend vraiment compte qu'elle s'en va. Elle n'a avec elle que les habits qu'elle porte, le désir d'aller de l'avant, et la volonté de trouver un meilleur avenir pour son enfant. Elle vient de faire le premier pas vers la liberté qu'elle a tant voulue.

Le reste des pas se succède en quelques heures à peine, après lesquelles mère et fille se retrouvent dans un camp de réfugiés improvisé dans le parc Túpac Amaru du district de San Luis, dans la capitale péruvienne. Là, elles se trouvent avec quelques quatre cents autres Cubains, un chiffre qui ne fera qu'augmenter avec les semaines.

Verdi

Il commence à bruiner et Ángel décide de rentrer à son studio. Malgré avoir frappé à la porte d'une dizaine de connaissances, il n'a pas réussi à vendre le mixeur et l'horloge murale qu'il a dans son sac. Il espérait pouvoir se faire un peu d'argent en vendant les vêtements et objets récupérés chez Mireya, mais cela s'est avéré plus difficile que prévu.

À l'entrée de l'immeuble adjacent au magasin Alborada, Fina le salue avant de lui prendre une cigarette et de refuser ses offres, les unes après les autres.

— Tu n'aurais pas encore ce chat en porcelaine que j'aimais tellement, dans votre appartement d'Ayestarán ? demande-t-elle alors.

Quand elle mentionne le bibelot, Ángel se souvient du temps où Fina et Hilda s'échappaient de l'usine de charcuterie El Miño pour boire un café rapide dans l'appartement où Hilda et lui vivaient. Avant de répondre, il prend un instant pour défaire le nœud qui se forme dans sa gorge, encore aujourd'hui, lorsqu'il se remémore l'affection qu'ils se portaient, et la famille qu'ils avaient fondée là-bas.

— Je l'ai toujours. Je te le laisse pour soixante pesos, à condition qu'il ne finisse pas dans des mains étrangères. Cela m'enlèverait une épine du pied et tu pourrais récupérer un objet qui en vaut facilement trois cents. Tu ne sais sûrement pas que mon ancienne belle-mère l'emmenait avec elle à l'opéra presque tous les weekends. C'est un chat très instruit, tu sais ? Il s'appelle Verdi, mais tu peux l'appeler comme tu veux. Le pauvre ne doit même plus se souvenir de son nom, après tout ce temps passé à prendre la poussière dans un coin.

— Oh, Angelito, oublie le nom de ce chat et parlons affaires. Je t'en donne vingt-cinq pesos si tu me l'apportes aujourd'hui, avant que je ne dépense l'argent en nourriture.

— Purée, Fina, n'abuse pas.

— Trente.

— Disons cinquante et marché conclu. Moi aussi, il faut que je mange.

— Coupons la poire en deux. Disons quarante. Entre amis, il faut s'entraider.

— D'accord, marché conclu. Ne bouge pas d'ici, je te l'apporte dans moins d'une heure.

*****

Ángel laisse son sac lourd sur la table et monte à la mezzanine. Son âme est revenue dans son corps. Il sèche et peigne ses cheveux dans les toilettes minuscules, enfile un imperméable sur ses habits mouillés et prend la figurine de porcelaine chinoise de l'étagère. Avant de redescendre les escaliers, il vérifie qu'il peut la camoufler sous son imperméable.

Sans qu'il ne s'en rende compte, à chaque pas, le chat glisse derrière la parure de nylon jusqu'à ce qu'il frôle sa cuisse, chute sur l'une des marches en bois, saute sur une autre, toujours intact, puis sur les dalles du sol, où il termine sa course en mille morceaux.

Ángel demeure immobile un instant, après lequel il se laisse tomber assis sur la marche, pâle comme les éclats de porcelaine. Il décide de ne pas se relever avant de s'être réconcilié avec Hilda pour avoir commis un acte aussi mesquin. Il y a tellement de conflits sans fin et sans but qui l'encerclent qu'il a l'impression de se battre contre tout le monde. Y compris les morts, à présent. Malgré tous ses efforts, les difficultés s'accumulent et le cercle ne cesse de se resserrer.

On vient de frapper à la porte, mais Ángel reste résolument sur sa marche, en silence. Il ne se sent pas la force d'ouvrir. Il ne veut voir personne.

— Ángel, c'est Migue.

De plus, la cerise sur cet horrible gâteau, c'est que les paris sont bloqués depuis que les deux compteurs du quartier sont partis du pays. Heureusement, Chicho et Migue ont aimé son idée de parier sur les chiffres publiés dans le *Granma*. Ils peuvent ainsi se passer de l'émission de radio du Venezuela, des compteurs et même du banquier.

Comme la référence est un journal, les trois peuvent vérifier quels numéros sont sortis. Pour ne pas dépendre du banquier, chacun parie cinq pesos sur le dernier chiffre du nombre de migrants et cinq pesos sur le dernier chiffre du nombre d'embarcations à Mariel. Si personne n'a raison, personne ne gagne ; si l'un des trois gagne, les deux perdants lui donnent leurs cinq pesos. S'ils sont deux à parier sur le même numéro et qu'ils gagnent, ils se partagent la somme pariée par le perdant. Il a même prévu les weekends : comme le *Granma* ne sort pas les dimanches, les paris du samedi et du dimanche se font sur les chiffres de l'édition du lundi. Il se félicite de ce système ingénieux.

— Ángel !

Mais ce qui est encore mieux, c'est que Perico, son beau-frère, lui a proposé d'être récolteur pour le réseau de La Havane : c'est lui qui ira chercher et redonnera l'argent aux compteurs. C'est le succès assuré : le réseau a besoin de quelqu'un dans la zone située entre Carraguao et El Canal, et le banquier se trouve être le frère de Mireya. Il courra un plus grand risque mais il gagnera plus d'argent, qui sera garanti qu'il perde ou qu'il gagne.

— J'arrive, s'exclame-t-il finalement, à présent convaincu que voir un ami lui remontera le moral.

Personne ne peut savoir qu'il est le récolteur, pas même Migue. Du moins pour l'instant. Il lui dira plus tard, lorsqu'il sera bien installé dans sa position. « Cet objectif a dû se réaliser en silence et indirectement, car il y a des choses qui, pour être menées à bien, doivent rester cachées. » Il récite par cœur la phrase de Martí, rendue populaire par une série télévisée où des super-héros travaillent pour les forces secrètes nationales.

Scellé

Ángel, Chicho et Migue parient pour la première fois sur les numéros du *Granma* le mardi 6 mai, jour où 3308 « éléments antisociaux » quittent le pays et où 1477 embarcations venues de Floride sont amarrées au port de Mariel. Migue gagne sur le nombre de migrants, Ángel et Chicho doivent donc lui donner leurs cinq pesos respectifs. Personne ne gagne sur la quantité de bateaux.

Mercredi 7 : 4033 éléments antisociaux, 1404 embarcations. Personne ne gagne, ni ne perd.

Jeudi 8 : Ángel gagne, avec 3068 éléments.

Vendredi 9 : il ne gagne pas, mais ne perd pas non plus.

Samedi 10 : il gagne encore et achète des saucissons chorizos à une vieille connaissance qui les pique chez El Miño.

Lundi 12 : il perd.

Mardi 13, jour de malchance : à cause du temps capricieux, aucun élément antisocial ne peut partir pour les États-Unis. Le *Granma* vante le prestige du trajet et annonce que 1275 bateaux demeurent au port. Après une discussion sur les conséquences de ces circonstances imprévisibles sur leur système, les trois amis décident d'annuler les paris du jour.

Mercredi 14 : 4388, 1272. Ángel perd.

Jeudi 15 : personne ne gagne et les paris se voient menacés par l'avis du président Carter. Ce dernier veut suspendre les voyages entre la Floride et Mariel et demande à ce que les bateaux amarrés au port cubain retournent vides aux États-Unis.

Ce même jeudi, Ángel se rend compte qu'il n'a pas de nouvelles de ses enfants depuis environ une semaine. Il n'a aucun moyen de savoir si on a refusé son autorisation de sortie à Eduardo pour avoir commis une infraction, mais il peut au moins aller voir comment va Emilia, dans son appartement de la rue Zequeira, alors il s'y dirige.

Jusqu'à maintenant, il n'a pas l'impression que les gens soient au courant de son passage à l'ambassade, mais l'incertitude et la peur des représailles le consument. Il craint qu'Eduardo et Emilia subissent le même sort que son voisin Juan, qui a été expulsé de son lieu de travail et victime de plusieurs actes de répudiation pour le simple fait que son frère soit allé demander l'asile. Et pour couronner le tout, la police a récemment rendu visite au pauvre homme pour lui dire qu'il devait retrouver du travail, sous peine qu'ils appliquent la « loi du vagabond » et qu'il soit envoyé en prison. Et si le seul travail disponible est d'être chasseur de crocodiles dans le marécage de Zapata ? Même les éboueurs font partie de la sécurité nationale ! Quel travail pourrait bien trouver Emilia en tant que professeure de littérature ? Elle qui n'a pas exercé depuis des années à cause de son mariage avec un ancien prisonnier politique ?

Bien qu'il trouve la rue où habite sa fille bien calme, il sent des regards fixés sur lui, qui l'inhibent, le paralysent. Il les ignore et entre, d'un pas décidé, dans le bâtiment.

Il ralentit pour reprendre son souffle après cette longue marche sous un soleil de plomb, même à six heures de l'après-midi. Il avance doucement vers le fond du couloir, accompagné de l'odeur forte des toilettes de l'entrée et de l'eau stagnante d'une tortue dans un évier. Lorsqu'il arrive au logement de Pepe et d'Emilia, les poils se dressent dans son cou.

— Mais que diable s'est-il passé ici ? s'interroge-t-il à voix haute, en voyant la porte scellée.

Mafuco

Les paris reprennent le samedi 24 mai, après le voyage de Migue à Pinar del Río pour dégoter un peu de nourriture et le lancement du petit commerce de Chicho, qui s'est mis à faire des sandales avec des semelles en pneu et du cuir volé à l'entreprise de gants de baseball. Les chiffres du jour sont 2088 migrants et 566 bateaux. Ángel perd en ayant parié sur le numéro un dans les deux catégories, convaincu que le numéro gagnant serait El Number One, El Caballo, El Fifo, Barbatruco, Patilla, omniprésent sur les posters, à la radio, à la télévision, dans les commentaires des gens à toute heure et dans les pensées d'Ángel.

Quelques jours plus tard, le *Granma* explique plus ou moins qu'il y avait une erreur dans la rubrique « Les nouvelles de Mariel » du lundi 2 juin. En finalisant l'édition du mardi, une contradiction avait été détectée entre le nombre de bateaux qui étaient toujours au port de Mariel et le compte de la veille, étant donné ceux qui avaient quitté le port, direction les États-Unis.

Chacun des trois hommes s'obstine à interpréter le texte à sa manière et leur dispute commence à s'échauffer.

— Messieurs, restons-en là, propose Migue. Récupérons notre argent comme si rien ne s'était passé. C'était notre idée, après tout, de nous fier au *Menteur*.

Ils acceptent à l'unanimité, Chicho dit qu'il passera la soirée à s'occuper de son commerce de sandales et Ángel explique à Migue comment parier sur les plaques d'immatriculation des voitures qui passent dans la rue, comme il faisait à Caibarién quand il était petit. Les deux amis passent environ quinze minutes au coin des rues Infanta et Pedroso à boire une bouteille de rhum Decano en attendant l'arrivée de Bienve. Il boit quelques gorgées avec eux et les invite à fumer un pétard au parc de La Normal.

— Beaucoup de gens espèrent faire fortune en une nuit avec les paris, dit Ángel, quelques minutes plus tard, profitant du fait que Bienve demande ce qu'il en est des compteurs du quartier. Les autres se contentent d'un petit pari de temps en temps pour ne pas toujours figurer parmi les perdants. Mais moi, tenter de faire du bon pain avec la farine du diable me relaxe plus qu'un jeu de mots croisés.

— La farine du diable ? À chaque fou ses idées, articule Migue comme un ventriloque, s'efforçant de ne pas rire pour ne pas que la fumée du joint lui échappe.

Avec la soif que provoque la marijuana, la bouteille passe d'une bouche à l'autre et se vide en une minute. Lorsqu'ils s'en rendent compte, Bienve se propose d'aller à Carraguao pour chercher plus d'herbe et c'est le tour d'Ángel d'aller chercher du papier à rouler.

Un peu plus tard, Ángel revient en trottant sur San Joaquín. Il tient un morceau de papier provenant du carnet de son quota mensuel de douze livres de riz. Il se sent comme un enfant qui ne veut pas aller dormir. Le trottoir glisse sous ses pieds comme un tapis roulant alors qu'il court, saute et retient son souffle pour éviter l'odeur des égouts qui se déversent au croisement avec Estévez. En arrivant à Pedroso, il se remet à marcher plus lentement pour ne pas arriver en sueur et la langue pendante.

Au parc, il tire une deuxième fois sur le joint et cela lui donne la nausée. Son humeur joueuse se transforme en un mélange de vulnérabilité et de paranoïa qui lui serre les entrailles. Debout devant ses deux amis étalés sur le banc de pierre et de métal, il regarde dans toutes les directions. Il a peur que la police apparaisse, mais il est pris d'un réel frisson lorsqu'il voit, à seulement quelques mètres, l'endroit où il s'est fait frapper et tirer les cheveux, ce jour-là. Il est persuadé que des dizaines de petits guerriers en uniforme se cachent derrière les bancs et les arbres et qu'ils vont lui tomber dessus d'un moment à l'autre.

Heureusement, Bienve termine ce qui reste du joint et se met debout presque d'un bond. Migue fait de même et les trois se mettent à marcher sans destination fixe. Ils croisent les rues San Joaquín, Infanta, et ils suivent Amenidad jusqu'à la rue 20 De Mayo, qu'ils traversent aussi pour s'arrêter sur un autre banc, derrière le stade de baseball. Là, ils luttent contre le sommeil avec une bouteille d'alcool à 90° mélangé à de l'eau et du café que Migue achète à El Cojo, dans le quartier voisin de San Martín. Le nouveau breuvage s'appelle Mafuco. Ça sent le tord-boyaux et le goût est abject, mais le nom plait à Ángel. *Walfarina, Huesoetigre, Chispaetrén…* Les innombrables variantes havanaises d'alcool mélangé à l'eau ont toutes des noms suggestifs, mais nulle ne sonne si bien aux oreilles d'Ángel que Mafuco.

— Ma – fu – co ! Hahahaha…

Migue et Bienve se voient contaminés par les éclats de rire d'Ángel. Les trois hommes portent les genoux à leurs poitrines, tanguent d'avant en arrière et se tordent comme des bébés sur le banc en bois.

— C'est drôle, Mafuuuco ?

— Hahahaha. Bon vieux Mafuquín.

— Mafuquín, ouahahaha…

— Ayyyayayayyy, merde alors. Mafucooo…

— Ah, putain, c'est trop !

— Ouahahahaha…

Pendant un instant, Ángel a oublié toutes ses mésaventures, mais son estomac lui rappelle qu'il a promis à Felo de lui emmener les photos qu'il a reçues d'Emilia.

— On partage un autre litre ? suggère Migue.

Ángel calcule qu'il doit être environ huit heures du soir et se dit qu'il s'occupera des photos un autre jour.

Le trou

Un peu après neuf heures du soir, Ángel arrive à l'appartement de son beau-frère Perico pour lui apporter les listes des paris des joueurs de Carvajal, Agua Dulce et du lotissement de Pastorita qu'il est allé récupérer. C'est le deuxième jour qu'il occupe cette nouvelle position dans le petit monde du jeu illicite et il en bénéficie déjà. Si les choses continuent comme ça, calcule-t-il en montant les escaliers, il pourra acheter la Chevrolet 53 d'Obdulio et se mettre à faire le taxi. Mais seulement de jour, pas de nuit, et pas dans toute La Havane. Un trajet direct depuis le terminal d'Omnibus à Santiago de las Vegas, en passant par l'Avenida Rancho Boyeros. Et, au retour, il ne prendra que les gens sans trop de bagages, car il aura le coffre plein de nourriture, pour lui-même et pour revendre. Ainsi, l'argent coulera à flots.

Lorsqu'il frappe à la porte, celle-ci ne tarde pas à s'ouvrir de quelques centimètres.

— Entre, dit un homme dans la vingtaine. Agent Chávez, Département Technique des Investigations.

Tandis qu'Ángel passe la porte, le jeune homme lui fait voir son badge et le range aussitôt, tel un illusionniste. En voyant qu'il y a une dizaine de personnes dans la salle-à-manger du petit appartement et que trois semblent être des agents du DTI habillés en civil, Ángel se dit que les autres doivent être des récolteurs qui, comme lui, sont tombés dans le piège.

— Suis-moi, dit l'agent après l'avoir fouillé.

Ils passent dans la chambre adjacente.

— Mets toutes tes affaires sur le lit.

Du fait de la différence d'âge et que le jeune soit de service, même s'il est en civil, il pourrait quand même le vouvoyer, se dit Ángel, tandis que l'officier inspecte méticuleusement son portefeuille et ses chaussures.

— Tes habits, maintenant.

Quand Ángel retire son pantalon, les listes, qu'il a glissées dans son caleçon de sport, entre les deux bouts de tissus de l'entre-jambe, restent parfaitement invisibles. Pour rester sans expression, il déplace son regard de la fenêtre à un vase de fleurs artificielles placé sur une machine à coudre, puis revient à la fenêtre.

— Ton caleçon aussi, ordonne l'agent en s'accroupissant.

Ángel fait une boule avec le vêtement et le lance loin sur le lit, par-dessus la tête de l'agent.

— Tourne-toi vers l'armoire et écarte les jambes.

Une, deux, trois secondes de silence.

— Écarte tes fesses avec tes mains.

Encore un silence.

— Habille-toi. On retourne au salon avec les autres.

— Je peux aller aux toilettes un instant si nous avons terminé la fouille ? Je ne peux plus me retenir.

— C'est là-bas. Laisse la porte ouverte.

Dans la salle de bain, Ángel pousse un soupir de soulagement et se concentre pour uriner alors qu'il n'en a pas envie. Profitant du bruit des gouttes, il déchire lentement les listes et porte une poignée de morceaux de papier à sa bouche, mais une tension inopportune dans sa gorge l'empêche d'avaler. Il ne peut pas prendre le risque de tirer la chasse deux fois si les bouts de papier n'ont pas disparu la première, alors il s'en débarrasse en les introduisant dans un trou étroit entre le réservoir des toilettes et le mur.

*****

Ángel est le dernier détenu à être réparti dans les différentes unités de la Police Nationale Révolutionnaire. Menotté et assis entre deux agents, à l'arrière d'une fourgonnette GAZ fermée quasi-hermétiquement, il peut voir à travers le pare-brise qu'ils quittent Palatino et prennent la direction d'Altahabana.

Ils s'arrêtent finalement devant l'Unité Provinciale des Opérations de Police de la prison « 100 et Aldabó », où ils le font descendre. Ils lui retirent les menottes et l'escortent vers une sorte de réception qu'ils appellent « le bureau ». Là, un officier lui demande sa carte d'identité, son portefeuille, sa montre, sa ceinture, ses lacets et tout ce que contiennent ses poches. Tout est mis dans une enveloppe brune.

— Tu es le numéro 4-5-9-8-2. Apprends-le par cœur. À partir de maintenant, c'est comme ça qu'on t'appellera, lui dit l'homme, tout en inscrivant le numéro sur l'enveloppe et sur un petit bout de papier qu'il confie à Ángel. Y'a-t-il quelqu'un de ta famille pour t'apporter du savon, une serviette, une brosse à dent et du dentifrice ?

— Mon fils, mais il fait son service militaire, répond Ángel, sans conviction.

Combien de temps va-t-il devoir rester ici ? Il pensait qu'on allait lui poser quelques questions et qu'on le laisserait partir tout de suite. Mais là, en échange du nom complet de son fils et du peu de coordonnées dont il se souvient de l'unité militaire, l'officier lui tend une espèce de tapis enroulé et lui ordonne de passer dans la pièce d'à côté. Là, ils prennent ses empreintes, le photographient de face et de profil, et lui font une nouvelle fouille corporelle. À poil, il doit s'accroupir, se pencher en avant et montrer à nouveau son cul. Ensuite, les mains dans le dos, on le fait monter un large escalier. Au premier palier, il voit des portes cadenassées et des gardes armés jusqu'aux dents. C'est à ce niveau qu'ils passent dans un long couloir qui respire la sueur et le désespoir. Des deux côtés, tous les trois mètres à peu près, se succèdent des grilles avec plaques métalliques, loquets et cadenas.

— Mets-toi derrière ce mur, jappe l'un des deux gardes qui l'escortent. Tout au fond. Ne sors pas avant qu'on te le dise.

De l'autre côté de la séparation en brique, parallèle au mur, Ángel entend résonner des pas, un bruit de serrure, une porte qui s'ouvre, un claquement métallique et un autre bruit de serrure.

— Tu peux sortir, disent-ils.

— Les mains derrière le dos, lui rappellent-ils.

À nouveau dans le couloir, il remarque un autre garde posté dans l'angle et en déduit que son rôle est de réguler le trafic des détenus. Ensuite, sans un mot, on l'entraîne vers l'une des cellules situées à droite.

Quand la porte claque dans son dos avec un grincement rouillé, Ángel se tient immobile, plongé dans la pénombre et une forte odeur d'humidité. Quelques secondes s'écoulent, puis sa vue commence à s'habituer à la faible luminosité et il aperçoit des vêtements pendus à l'entrée, juste devant son visage. Des caleçons. Il distingue ensuite les yeux d'un homme : noir, environ cinquante ans, les pommettes saillantes. La seule chose qui lui vient à l'esprit est d'avancer de deux pas, de tendre une main et de se présenter.

— Ángel.

— Paco. C'est la première fois que t'es mis au trou ? Tu préfères dormir où ? En haut ou en bas ?

— En haut, si ce n'est pas un problème.

L'homme dégage quelques affaires de l'une des deux couchettes supérieures, un genre de plateau en métal suspendu par deux chaînes et qui pivote sur des anneaux encastrés dans le mur.

— T'en fais pas, tout le monde peut finir ici. Que tu sois directeur, boucher ou un chauffard qui vient de renverser quelqu'un, ajoute l'homme. Il saisit le rouleau sous le bras d'Ángel et l'étale à même la plaque de fer. Elle fait deux mètres de long et à peine la moitié de large.

— Merci, mon frère.

— Ce tapis, c'est ton matelas. Il faut bien te tenir pour ne pas qu'ils te l'enlèvent.

Ángel s'allonge sur la fine couche et tente de rester immobile pour éviter de causer le moindre problème à Paco-le-décharné. Son regard se perd sur le plafond alors qu'il tente de donner un sens à tout ce qui est en train de se passer. En s'aidant de ses mains croisées derrière la nuque, il bouge la tête pour inspecter la cellule. Elle doit faire trois mètres sur deux, tout au plus, si l'on compte les premiers cinquante centimètres, juste à gauche de la porte, où il y a un trou en guise de latrine et une arrivée d'eau. La pièce d'environ quatre mètres de haut est complètement close, si ce n'est pour une sorte de ventilation, tout en haut. Celle-ci semble former un angle dans le mur pour permettre à la lumière et à l'air de rentrer tout en empêchant de voir à l'extérieur, même si un détenu montait sur les épaules d'un autre. Hormis cette grille, il y a une petite trappe au milieu de la porte, juste assez grande pour y faire passer un plateau et un verre. Ángel a déjà repéré que cette ouverture a sa propre minuscule porte, avec une serrure extérieure, et espère pouvoir bientôt confirmer qu'elle sert à faire passer la nourriture.

Ledit Paco s'avère être assez communicatif. Il explique depuis sa couchette qu'ils ouvrent l'eau trois fois par jour pendant quinze minutes. S'il y a plus de deux occupants dans la cellule, il faut être rapide pour pouvoir en profiter. Les gardes allument la lumière quand ils le décident, en général vers six heures du matin et du soir. Paco lui parle parce qu'ils partagent leur cellule, mais ici, Ángel ne pourra parler à personne d'autre, à part les gardes, qui ne donnent même pas l'heure.

— Autre chose : ils font un appel de temps en temps. Ils ouvrent la trappe, crient « compte ! » et chacun doit se pencher et dire son numéro.

Ángel se demande qui pourrait bien s'échapper d'ici, avec tous ces barreaux et ces gardes.

Il se fait tard, minuit peut-être, mais il profite de la bonne disposition de son compagnon de cellule pour continuer à poser des questions, comme un apprenti, sur tout ce qu'il doit savoir pour survivre. Le maître lui donne quelques détails supplémentaires, baille et lui souhaite une bonne nuit. Et alors, sans manger, sans se laver, sans savon ni serviette, sans papier hygiénique, sans dentifrice et sans autres habits que ceux qu'il porte, Ángel tente de mieux s'installer sur son tapis.

Il lui faut la moitié de la nuit pour trouver le sommeil.

*****

Il est réveillé par un furieux vacarme. Il a à peine dormi, à cause de la faim et de ses pensées qui tourbillonnent, sans parler du tube fluorescent qui l'éblouit depuis une heure, niché derrière une grille et un bout de Plexiglas, au-dessus de la porte.

— Que se passe-t-il ?

— Je sais pas, mais ce sont des coups de pieds sur la porte d'une cellule, répond Paco.

— Ouvrez ! Cet homme va brûler vif ! entendent-ils hurler.

On entend résonner des pas précipités dans le couloir, des bruits de métal, des cris d'hommes paniqués, un claquement de porte et encore des pas. Et puis le silence revient.

Le petit-déjeuner ne tarde pas à arriver : de l'eau sucrée et une demi-portion de pain rassis. Avec la collation arrive également le temps des histoires. C'est Ángel qui commence. Ensuite, son compagnon de cellule lui raconte qu'il est coiffeur et qu'apparemment, quelqu'un du quartier l'a dénoncé pour trafic de marijuana. La police est arrivée chez lui, un berger allemand s'est énervé sur une paire de ciseaux et après des analyses au laboratoire, ils ont pu prouver qu'elle avait été utilisée pour couper de la drogue. Paco avoue qu'il en consommait, mais qu'il n'en trafiquait pas.

*****

Alors qu'ils s'entendaient très bien tous les deux, dans leur cellule, voilà qu'on leur rajoute un jeune morveux. Pour

Ángel, ce n'est qu'un énergumène qui passe son temps à se gratter la tête et les couilles. Il a peur que le type ait des poux. Il y a deux jours à peine, Paco avait dit : « Heureusement qu'on est tout seuls, parce que s'ils nous mettent un de ces jeunes arrogants sans respect, ça pourrait mal tourner et il faudrait prendre les mesures nécessaires ! »

Les réflexions d'Ángel sont interrompues par un cri au travers de l'écoutille :

— 4-5-9-8-2 !

— Présent !

— Habille-toi, je viens te chercher.

Une visite ? Peut-il partir ? Il n'a aucune idée de là où l'on veut l'emmener, mais il obéit immédiatement. Le jeune soldat le fait se tenir dans le minuscule espace entre la porte métallique et le couloir, lui ordonne de mettre les mains dans le dos, explique qu'il ne va pas lui mettre les menottes et, approchant son souffle de sa joue, murmure :

— Écoute-moi bien. Nous allons voir l'instructeur. Si tu confirmes l'identité des compteurs et celle des récolteurs, que, de toute manière, nous avons déjà dans nos dossiers, tu seras libéré sur-le-champ. Si tu as plus d'informations, tout restera confidentiel. Mais fais bien attention à ce que je te dis pour ne pas le regretter plus tard : ton cas peut se compliquer en fonction de ce que disent les autres, et certains ont déjà parlé.

Ángel acquiesce. Il se réjouit d'aller à l'interrogatoire et où qu'il doive aller, pourvu qu'il y ait de l'air frais. Il est très calme : ils n'ont aucune preuve contre lui.

Ensuite se répète le même enchaînement de corridors, avec la cloison de séparation et l'écho des pas. Seulement, cette fois, ils descendent les escaliers au lieu de les monter et, après être passés dans ce couloir-ci au lieu de ce couloir-là, il se retrouve assis dans un bureau climatisé, face à l'instructeur chargé de l'affaire. L'homme a disposé des photos sur son bureau et commence à poser les questions sans préambule :

— Reconnais-tu ces personnes ? As-tu des informations sur les paris qui ont lieu à El Canal ou dans d'autres quartiers ?

Certains visages lui paraissent familiers, mais il ne sait pas s'ils appartiennent à des gens aperçus çà ou là, dans les autobus ou dans les files d'attente, durant les vingt ans passés à Cerro.

— Je ne sais pas, j'en ai peut-être croisé quelques-uns, mais je ne les connais pas. Et ils ne me connaissent pas, c'est certain.

L'instructeur incline légèrement la tête en avant et croise les bras, l'air de dire : « Allez, on recommence. »

— Il y a un réseau qui…

— Je n'ai rien à voir avec un quelconque réseau, proteste Ángel.

L'interrogatoire se poursuit pendant une demi-heure. L'instructeur reste calme. Occasionnellement, il secoue la tête, sceptique, avant de lui remontrer les mêmes photos et de lui poser encore et encore les mêmes questions. Ángel récite machinalement les réponses qu'il a passé nuit et jour à répéter. Son unique préoccupation, c'est qu'après la chaleur de sa cellule, la climatisation puissante lui troue un poumon.

— Nous voulons écouter ce que tu sais. Si tu as commis un délit, tu vas devoir payer, mais seulement pour le tien, pas pour ceux des autres, insiste l'homme.

— Mais, monsieur l'agent, si la police n'a pas de preuve sur qui parie ou non, comment est-ce que je pourrais le savoir ? Je le jure, je n'ai jamais parié d'argent de toute ma vie. Ce jour-là, j'ai simplement eu la malchance d'aller rendre visite à mon beau-frère. C'est tout ce qui s'est passé. Et vous avez tout ce qu'il faut pour le confirmer. Je ne peux rien vous dire de plus car je ne peux pas inventer ce que je ne sais pas.

Chaque jour, il donne les mêmes réponses aux mêmes questions, sans perdre la tête. Il n'a pas l'impression qu'on le pousse à bout par rapport à ce qu'auraient dit les autres, comme l'a suggéré le jeune soldat, qui a sûrement regardé trop de films américains. Son film à lui se répète inlassablement. Le même script, les mêmes dialogues et un petit changement d'acteur de temps en temps : l'instructeur. Mais le scénario est principalement le même. Jour après jour.

*****

En entrant dans leur cellule, le blond fait comme un signe de croix.

— Tu viens de quelle bande ? lui lance Paco.

— Efi Embemoró.

— Moi, Otán Efó. Paco, de Regla.

— Felipe, de Colón.

Les deux hommes font quelques mouvements curieux avec les mains, qu'Ángel interprète comme étant une salutation rituelle. Ils doivent être Abakuas, mais de bandes différentes, suppose-t-il, d'après ce qu'il sait sur la société secrète par la bouche de Paco. Avec ce quatrième résident, la cellule est maintenant pleine et il est agacé. Il présume qu'il ne pourra pas dormir cette nuit, car qui sait quel problème pourrait bien survenir dans cet espace minuscule… s'ils décident de frapper ou de violer quelqu'un, et qui sera ce quelqu'un. Pour couronner le tout, l'aine commence à le chatouiller.

*****

Il vient de recevoir la nouvelle inespérée d'une visite. Cette fois, on le conduit par des passages souterrains dans une salle très loin des cellules, si loin qu'Ángel est persuadé qu'il est maintenant dans un autre bâtiment. Jusqu'à présent, la journée s'est plutôt bien déroulée : après le petit-déjeuner, le jeune avec les poux a été retiré de la cellule et voilà qu'il reçoit cette agréable nouvelle. Qui peut bien lui rendre visite, si ce n'est Eduardito ?

Effectivement, on lui donne quinze minutes pour discuter avec son fils, sur un canapé, devant un officier qui l'observe et écoute tout. Eduardo lui a amené un coupe-ongles, les journaux des jours précédents, une serviette, du savon et des habits propres. Il va droit au but. Il s'est renseigné sur quel procureur s'occupe de son cas, la seule personne qui puisse transformer sa détention provisoire en une liberté sous caution, en attendant le procès. Eduardo ira le voir dès que celui-ci reçoit du public. Il a déjà la permission nécessaire de l'unité pour le jour en question. Pendant que son père utilise le coupe-ongles, Eduardo explique qu'il y a tant de monde impliqué dans cette affaire que personne ne peut mettre la main sur le dossier : il pourrait être chez le procureur, ici ou là-bas. C'est pour cela qu'une incarcération qui aurait pu se résumer à quelques heures a déjà duré des semaines.

Après la visite, Ángel repasse par la réception où on lui demande ce qu'on lui a apporté. Ils déplient et secouent la serviette et les vêtements, l'avertissent qu'il ne peut rien garder pour lire ou écrire, percent le savon à deux endroits avec un clou vissé dans une planche et le renvoient à sa cellule.

Paco et Felipe sont là, à jouer aux dames sur une grille qu'ils ont faite en grattant le métal de l'une des couchettes inférieures. En guise de pions, ils utilisent des mégots de cigarettes ; certains écrasés, les autres non. Après avoir dit quelques mots sur sa visite, Ángel s'amuse à palper les habits qu'on lui a apportés, parmi lesquels il y a une chemise d'Eduardo qui a gardé son odeur. Il ne la mettra pas : il va la laisser pliée pour pouvoir la renifler quand lui monte à la gorge l'amère mélancolie.

Pendant que les Abakuas sont concentrés sur leur partie, Ángel fait des suppositions sur ce qui va lui arriver. Il a laissé tomber ses rêves sur les manières de dépenser l'argent qu'il n'a pas. C'est comme le conte de la laitière et son pot au lait, il finit toujours mal. Je devrais bien le savoir, se réprimande-t-il, rendu aigri par un mauvais souvenir, dans un passé lointain. Combien de semaines a-t-il passées au trou ? Trois ? Il commence à perdre la notion du temps, qui le dévore comme un vieil homme muet depuis les ombres et l'ennui. Il n'y a aucune manière de distinguer un lundi d'un samedi, l'un comme l'autre semblant durer une éternité. Ce sont des jours de chien, qui font vieillir et qui pèsent sur la poitrine. Un jour au trou dure autant que cinq ou sept à l'extérieur, s'il fallait donner un chiffre. Que se passe-t-il, à l'extérieur, pendant qu'il est enfermé ici ? La vie au-delà de « 100 et Aldabó » lui fait penser à son propre enterrement, auquel ses amis ne viendraient pas. Seul Eduardito est venu pour le consoler et l'aider. Son fils. Son sang.

Et revoilà la roue des pensées et des blâmes, qui tourne, bien qu'insupportablement lente, à la cadence déterminée et implacable des secondes.

*****

Un nouveau jour commence par ce numéro, qui restera gravé dans sa mémoire pendant beaucoup d'années.

— 4-5-9-8-2 !

— Présent.

— Habille-toi et prends toutes tes affaires, tu t'en vas.

Il s'en va ? Chez lui ? Ou à Valle Grande, la prison pour les détenus sans jugement, où il finira par pourrir ? Il prend tout et dit précipitamment au revoir à ses camarades de cellule. Il s'est pris d'affection pour eux, pour leur retenue et leur décence. Surtout Paco ; sans leurs bavardages, il aurait probablement perdu la raison.

Vers huit heures du matin, alors qu'il est assis sur un banc à côté de là où ils gardent ses effets personnels, on l'appelle par son numéro une fois de plus.

— Tu es en liberté conditionnelle dans l'attente du procès. Quand tu seras convoqué, apporte le justificatif de paiement de la caution que la banque t'aura donné et ils te rendront l'argent. Si tu réapparais dans un commissariat de police, pour n'importe quelle raison, et qu'on apprend que tu as été relâché sous caution, tu seras remis en détention provisoire. Alors, pour éviter les problèmes, je te conseille de rester loin des grands rassemblements. Ne sors pas de la province. Si nous avons besoin de te poser des questions dans le cadre de l'enquête, nous te convoquerons et tu dois être disponible. Compris ?

— Compris.

Ils lui rendent ses affaires et le dirigent vers la porte principale de l'édifice.

— Prends ce chemin et tu verras la rue, lui dit un dernier garde, en lui indiquant une barrière.

Ángel obéit sans poser de questions et se met à marcher dans le passage cloisonné qui entoure un parking. Il touche sa barbe de quelques jours et tente de se convaincre que le mois qu'il vient de passer dans l'énorme bunker derrière lui n'était qu'un cauchemar. N'apercevant toujours pas la sortie après avoir marché une cinquantaine de mètres, il accélère le pas.

— Papa ! entend-il crier depuis l'autre côté de la barrière.

— Oh, fiston !

*****

Ángel était le seul suspect de l'affaire sans antécédents judiciaires et contre lequel ils n'avaient pas de preuves. Il travaillait à un poste clé pour la production nationale et soutenait à lui seul la cellule familiale. Après avoir écouté ces arguments de la bouche d'Eduardo, le procureur avait accordé le changement de mesure la même semaine. Le jeune homme avait payé la caution de deux mille pesos avec l'argent qu'il avait réussi à rassembler en demandant à ses amis et à Migue.

Ángel voulait savoir comment l'histoire d'El Canal s'était terminée. C'est pour cela qu'à peine sorti de « 100 et Aldabó », il s'était dirigé là-bas sans son fils au lieu de rentrer chez lui. Cependant, tout ce qu'il avait pu tirer de sa belle-sœur, mis à part le fait que Perico était détenu au secret, avait été : « J'ai entendu qu'on frappait à la porte et, en me penchant par la fenêtre, j'ai vu un type qui m'a paru suspect ; alors j'ai couru mettre les listes dans la cocotte-minute. »

Une fois dans la rue, il sent la même odeur indéchiffrable qu'il avait remarquée dans l'appartement. Est-ce que c'est le quartier ? Est-ce qu'il l'a ramenée de prison ? Est-ce l'odeur de sa propre fatalité ? Inutile de lui rappeler qu'il est toujours surveillé par la police. Les autorités sont probablement déjà au courant de son incarcération, ainsi que le comité, le syndicat et l'atelier, où ils doivent déjà faire comme s'il ne reviendrait pas. Cela pourrait aussi être la puanteur de la trahison. Cette fois-ci, Perico est enfermé pour de bon, à moins qu'il soit indic' pour la police, le salaud. On ne vient pas raconter des bobards avec des cocottes minutes à Ángel Ribot, et à l'autre douzaine qui a trinqué, encore moins. Si Perico finit par sortir de prison, mieux vaut qu'il disparaisse de La Havane et de l'île tout entière, parce qu'ils viendront le chercher, où qu'il soit. C'est sûr qu'on pourrait penser la même chose d'Ángel : que c'est une balance, un indic'. En effet, à peine entre-t-il dans le réseau que plusieurs pièces maîtresses s'effondrent. Mais il n'a que faire de ce qu'une poignée de parasites et de parieurs peut bien penser de lui. N'y a-t-il pas déjà une tonne de personnes qui le traitent d'ordure et d'asocial ? Dans tous les cas, alors qu'il traverse le quartier sous les regards acerbes des gens fiers, postés aux portes d'entrée et à chaque coin de rue, son cœur cogne d'émotion de se voir ancré dans le fondement même de l'interaction sociale de l'île : la méfiance. « Je te soupçonne d'être de mèche avec le système, tu penses que je suis de mèche avec le système. » Tous soupçonnent la même chose des autres et, ainsi, la vie continue son cours avec retenue et mesure, comme le veulent ceux d'au-dessus.

Avec sa nouvelle réputation sur les épaules, il ouvre et crispe ses mains instinctivement tout en élargissant les mouvements de bras qui accompagnent chaque pas. Si l'envie lui prenait, il pourrait chanter à voix haute :

N'essaie pas de t'en prendre à moi
Je suis un cracheur de feu

Route 61

En voyant qu'à l'arrêt de bus Esquina de Tejas, il y a probablement plus de personnes qui veulent monter que descendre, le chauffeur décide de s'arrêter une dizaine de mètres plus loin pour laisser sortir des passagers sans que personne ne monte. Malheureusement, presque tout le monde connaît l'astuce. Ainsi, beaucoup sont postés avant ou après l'arrêt. Il y a aussi ceux qui bondissent en avant et se collent au flanc du véhicule en mouvement comme des ventouses.

Ces péripéties font partie de l'aventure quotidienne qui est de se déplacer d'un côté à l'autre de La Havane. Et il est de notoriété publique que c'est la faute de l'embargo des Yankees, se dit Eduardo, accroché à l'extérieur du bus, tout en observant défiler devant lui les hauts portails des vieilles villas sur Calzado del Cerro. Ils ont déjà passé les trois kilomètres de colonnades néoclassiques et de façades noircies du quartier de Monte.

Le bus s'arrête au coin de Cruz del Padre pour l'arrêt du Stade Latinoamericano. Les passagers qui n'ont pas encore réussi à atteindre la boîte métallique pour payer leur trajet doivent descendre pour en laisser sortir certains. Un jeune berger allemand, en voulant poursuivre une femme trentenaire aux yeux bridés qui sortait par l'avant, manque de se heurter aux jambes d'Eduardo. Il est retenu par son maître, de l'autre côté de la laisse. Quelle trouille ! Comme si cela ne suffisait pas de devoir se méfier des patrouilles de prévention, et on ne sait jamais, des officiers aussi. Eduardo sait que s'ils le trouvent en train de fuguer, il pourrait écoper de vingt-quatre heures au trou et de soixante-douze de tours de service. Il a la tête fraîchement rasée et porte son uniforme militaire vert olive, c'est pour cela qu'il préfèrerait ne pas traverser La Havane accroché à un bus ou bien être obligé de descendre sur le trottoir à chaque arrêt.

Précisément pour éviter de devoir cheminer ainsi, il avait attendu plus d'une heure au début de la ligne, assis sur le mur de pierre du vieux théâtre Martí. Le dos contre la grille en fer forgé, il tordait le cou pour s'amuser à regarder les chats errants dans un bâtiment en ruines. Malheureusement, juste quand il avait voulu s'acheter quelque chose à manger au kiosque du cinéma Payret, à cent mètres de l'arrêt, et même s'il avait pris soin de vérifier plusieurs fois que le bus n'arrivait pas, ce dernier était apparu. Il avait donc dû courir pour revenir à l'arrêt et s'était retrouvé parmi les derniers à monter.

C'est pour cela que cette fois, au lieu d'attendre patiemment que tout le monde descende, il décide de remonter par la double-porte du milieu. Seulement, le bus se remet en marche et il doit se retourner, se mettre à courir, accrocher sa main gauche à l'une des portes, la droite à la jointure de la fenêtre d'à côté, puis sauter pour atteindre les marches avec un pied. Il est ensuite poussé vers l'intérieur par des hommes qui font plus ou moins la même chose derrière lui. Il se tient immobile sur la marche supérieure et seules ses pointes de pieds touchent le sol, mais au moins, il n'est plus le dernier accroché au flanc.

Il est en train d'imaginer les cygnes et les serpents en fonte défiler sur la balustrade de la fabrique de rhum Bocoy, sur la gauche, quand il entend le chauffeur se disputer avec quelqu'un. L'autobus s'arrête net et les passagers sentent l'effet du freinage d'urgence, juste après le virage de la maison de retraite de Santovenia. Eduardo pense pendant un instant qu'il va y avoir une altercation, mais le chauffeur annonce simplement qu'il va combiner les arrêts Covadonga et Jurídico. Il ouvre les trois portes et crie :

— Felicia, descends ici acheter du pain !

— Je vais perdre ma place.

Le chauffeur secoue la tête, essuie la sueur de son visage avec un mouchoir rouge et saute sur le trottoir avec une agilité surprenante.

— Quelle chaleur, mon Dieu !

— On se croirait dans un four, où est passé le chauffeur, bon sang ?

La chaleur et l'humidité du véhicule paraissent empirer à chaque seconde. Eduardo se console à l'idée qu'il sera bientôt débarrassé de cet horrible uniforme. Ce qu'il allait faire après le service militaire était une inconnue jusqu'à peu. Il avait toujours voulu aller à l'université, comme sa sœur, mais il pensait que c'était impossible car il était resté trop longtemps hors du système éducatif. Lorsqu'il aurait fini le service, il aurait le même âge que les jeunes diplômés. La solution lui était apparue comme une manne du ciel, sous la forme d'une disposition du Ministre des Forces Armées Révolutionnaires : le fameux Ordre 18. En effet, ce dernier allait rouvrir les portes de l'enseignement supérieur aux jeunes qui avaient un niveau pré-universitaire et qui faisaient le service militaire.

Son regard et ses pensées se sont perdus entre divagations, projets et nuques en sueur. C'est alors qu'un bruit sec contre le sol lui fait poser les yeux sur une tresse de cheveux noirs, un front féminin dégagé et une main qui ramasse un livre à couverture rigide. Lorsque la jeune femme se redresse, il aperçoit aussi deux yeux verts et timides.

Eduardo recommence à penser au passé, à ce qui aurait pu être différent. Il aurait aimé étudier les Lettres classiques ou l'Histoire de l'art. Il avait laissé tomber le journalisme dès que l'idée lui était venue car l'accès à l'information était déjà assez restreint sans qu'il doive affronter la censure quotidienne du gouvernement s'il était un jour nommé porte-parole. Il refusait d'être un fil conducteur de plus dans le circuit fermé de la propagande officielle. Enfin, même s'il avait les qualifications requises pour faire ces deux premières licences, on l'avait exclu définitivement du classement général pour accéder aux universités lors de cette fameuse réunion où ses compagnons de classe avaient appliqué à leur convenance le slogan à la mode : « L'université, c'est pour les révolutionnaires. »

Dans la léthargie de l'heure de midi, il somnole et se remémore les évènements qui l'ont amené jusqu'ici. S'évader du présent le soulage, même s'il ne se projette plus vers son entrée potentielle à l'université mais plutôt vers le souvenir d'un passé tout aussi oppressant que le présent. De quelle « école à la campagne » s'était-il fait expulser, déjà ? Était-ce en troisième ou en seconde ?

Sa première transgression avait été d'organiser un mini-concert de rock pendant la « récréation ». Avec des balais pour guitares, des serviettes en guise de crinières et une batterie faite d'une valise en bois et d'une boîte d'aluminium, lui et trois amis de sa brigade avaient joué *Inside Looking Out*. Après les applaudissements et les demandes de rappel de trois matous rockeurs, ils avaient enchaîné avec *Satisfaction*. Nul des deux numéros n'était prévu et les réprimandes ne se firent pas attendre : nettoyage des toilettes pendant une semaine après la journée de travail normale dans les champs de bananiers.

Le second délit, plus grave, concernait soi-disant les jeux d'argent et l'abus de médicaments. En réalité, la terrible professeure d'espagnol, Nora Ferro, l'avait simplement surpris dans son dortoir, pendant les heures de travail, en train de jouer aux cartes avec Wicho. Elle était entrée au moment même où Sergito criait « Munitions ! » et renversait sur l'une des couchettes les aspirines qu'on lui avait données à l'infirmerie pour une migraine simulée. Le tribunal disciplinaire, composé de Caridad, la directrice du camp, de Benigno « le Chimiste », de Salvador, professeur de marxisme et secrétaire du comité de base du Parti, et accompagné par les représentants de l'Union des Jeunes Communistes et de la Fédération des Étudiants de l'Enseignement Secondaire, décida de les exclure.

Outre la voix autoritaire et le regard méprisant de ses accusateurs, il a encore en mémoire une autre séquence : le trajet sur le chemin de terre avec Salvador qui, en arrivant au terminus des bus interprovinciaux, lui avait donné l'ordre péremptoire de vite descendre du véhicule et de ne plus jamais remettre les pieds au camp. Il s'était senti comme un chien abandonné au bord de la route.

Ces incidents avaient refait surface quelques années plus tard, lors de la réunion où les étudiants doivent s'évaluer les uns les autres pour créer un classement général en vue d'accéder aux universités. Eduardo n'avait pas pu y assister car il était cloué au lit, avec une fièvre et des diarrhées aigües. Deux jours plus tard, il avait appris les propos condamnatoires de la jeune fille qui avait représenté l'UJC au tribunal disciplinaire de son école à la campagne. Apparemment, Katiuska avait juré que si lui et ses « complices » s'en étaient bien sortis après leur exclusion, c'était parce qu'elle était personnellement intervenue pour que les faits n'apparaissent pas dans leurs dossiers et pour que la charge initiale d'« abus de stupéfiants » soit réduite à l'euphémisme : « abus de médicaments ». Mais tout le campus en avait assez de tant d'indiscipline et d'immaturité, sans parler du divisionnisme idéologique. Pour l'enfoncer encore plus, Katiuska avait aussi opportunément rappelé qu'Eduardo Ribot n'avait même pas daigné se présenter à cette réunion si importante, ce qui démontrait bien son mépris et son apathie pour l'éducation supérieure.

Il meurt de chaud. La chemise de son uniforme est trempée de sueur, et, au milieu de la forêt de bras, il ne peut plus apercevoir l'étudiante. Il voit cependant, au fond, un espace qui se dégage. Dans l'espoir de trouver un siège, il se fraie un chemin entre les passagers figés jusqu'à l'endroit inoccupé, à côté d'un homme d'une trentaine d'années. Ce dernier est pieds nus et il est difficile de dire s'il parle au livre qu'il est en train de feuilleter ou à ses propres grimaces. Le bus se met alors en mouvement et Eduardo manque de lui tomber dessus. Debout à côté de l'homme, il regarde en biais pour lire : « l'énergie d'un fluide idéal, sans viscosité ou friction, en régime de circulation dans un conduit fermé, demeure constante tout au long du trajet du fluide. » En réalisant l'intrusion, l'excentrique se met à tourner les pages à toute allure. Eduardo n'a d'autre choix que d'abandonner la lecture et de regarder par la fenêtre. Il y a une odeur de pluie, malgré le soleil qui brille à la verticale dans le ciel.

— Monsieur, mon arrêt ! crie une femme, tandis que l'autobus tourne longuement et à pleine vitesse dans le virage de la pizzeria et du cinéma.

— C'est la ligne 61, Madame. On ne s'arrête pas à Maravillas, explique un vieil homme aux manières raffinées.

— Jusqu'où va-t-il m'emmener, alors ?

— À Católicas Cubanas, s'il veut bien s'arrêter.

Le bus passe devant le prochain arrêt sans ralentir. Parmi les cris, un ivrogne bafouille et marche sans le vouloir sur les pieds de plusieurs personnes. Des rires et des murmures émergent autour de lui.

— Il faut respecter autrui pour être respecté, dit l'homme, en levant la voix. J'étais membre du Peloton suicide de la Huitième colonne, moi. Avec El Vaquerito. Alors un peu de respect, hein ! Ici, personne ne sait qui est qui, leur passé ou leur futur. Et gare aux voleurs, je parie qu'ils sont en train de se régaler.

Tâtant leurs sacs à main et leurs poches, les passagers s'éloignent comme ils peuvent du vieux combattant de l'Armée Rebelle.

— Écoutez bien, dit le chauffeur, descendez ici pour Cerro et Boyeros. Je ne vais pas ouvrir la porte à l'arrêt, ni au feu rouge, ni nulle part après. Faites attention, le prochain arrêt, c'est le 26.

Eduardo suit les conseils du conducteur et profite de la marée humaine pour continuer à avancer vers le fond. La seule montre qu'il aperçoit indique 12h30 et il a une envie infernale d'enlever son uniforme. Il pourrait descendre ici, mais ils n'ont même pas passé Calzada del Cerro et Primelles. C'est mieux qu'il s'arrête au 26 et change à Ciudad Deportiva. En levant la tête pour respirer un peu d'air frais, il tombe sur le regard de l'étudiante qui s'approche vers le fond. Il calcule que, au lieu de prendre un autre bus à Ciudad Deportiva direction Fontanar, puis de monter dans le 50 qui traverse tout El Chico et El Wajay pour arriver à El Cano, il pourrait rester dans le 61 jusqu'à Marianao pour prendre directement le 50. C'est plus risqué car, à Marianao, il y aura des patrouilles de prévention et des bérets rouges à la recherche de recrues qui désertent, mais il lui faut ces deux yeux verts.

Le conducteur a arrêté le bus et laissé tourner le moteur pour descendre frapper à la porte d'une maison. Comme personne ne lui ouvre, il saute par-dessus le muret du portail, sur le côté, et se dirige vers un terrain abandonné presque complètement recouvert de débris. Il pique la batte de baseball à un enfant en train de jouer avec un autre petit garçon et demande à ce dernier de lui en lancer une, rapidement.

— Une petite, allez, le bus est arrêté devant. Arrête tes histoires !

— *Strike* ! dit le garçon qui se voit obligé de faire le receveur.

— Une autre, lance-la bien. Vers l'intérieur.

— Deuxième *strike*.

— Une autre et c'est bon. Une autre et j'y vais, je vous jure.

— *Strike* ! T'es mort, c'est fini !

— La dernière. Mais lance bien, bon sang !

— T'es mort ! Arrête tes histoires et rend-moi ma batte, demande le receveur. Barre-toi, vieillard ! Maaamaaan !

Pendant que le moteur du bus continue à tourner, la mère sort avec un café pour le chauffeur, le petit récupère sa batte et le jeu reprend.

— Tu ne sais pas que c'est interdit de fumer dans le bus ? reproche un homme en chemise grise aux manches longues tachée de peinture à un adolescent.

— Ah ouais ? Sur les ordres de qui ?

— Qui ? Eh bien, moi, fiston. Donne-moi ça.

En quelques secondes, l'homme lui enlève la cigarette allumée de la bouche et la jette par la fenêtre juste au moment où le bus se remet en marche.

— Tu vas descendre au prochain arrêt pour m'enlever l'autre que je vais allumer ? fanfaronne le jeune, tout en sortant un paquet écrasé de la poche arrière de son pantalon.

— Si tu l'allumes, c'est moi qui vais te la faire avaler ! lance un autre homme, cette fois un métis corpulent d'une quarantaine d'années.

Le garçon est avec trois amis qui ont passé la plupart du voyage à sortir, rentrer et se balancer par les fenêtres. Grâce au repositionnement des passagers inquiets d'une possible altercation, Eduardo tombe face à face avec l'étudiante au nez et au menton parfaitement sculptés, qui prend appui sur son torse avec une main, retenant à peine ses livres de l'autre.

— Tu peux reculer un peu ? Je pense que ça va se corser, dit-elle, entre la peur et le désespoir.

Eduardo obéit tant que possible et ils sont écartés par le corps potelé d'une dame aussi rapidement qu'ils s'étaient retrouvés tout proches.

— 26 et 51 ! Qu'est-ce qui se passe, là-derrière ? lance le chauffeur. Il arrête le bus et ouvre les portes juste devant la voie ferrée.

Les adolescents descendent en un tournemain et s'éloignent en proférant des insultes.

— Allez-y, c'étaient juste quelques gamins impertinents, je les ai fait descendre, répond le métis.

— Et moi, je vais m'assurer qu'ils ne remontent pas, déclare le poivrot.

— Attendez ! C'est ici que je descends, dit une femme au sac à main énorme.

Dès la remise en marche du bus, Eduardo sent qu'on lui touche l'épaule droite. En tournant la tête vers le fond, il se rend compte qu'il s'agit de quelques pièces de monnaie : quelqu'un qui est monté par l'arrière cherche à passer l'argent pour son ticket de bus jusqu'au chauffeur. Il lève le bras droit, prend l'argent, s'étire et tape sur l'épaule de l'étudiante après avoir contemplé un instant ses cheveux noirs, brillants, qui laissent apercevoir sa nuque blanche. À ce moment-là, un tournant brusque lui fait perdre l'équilibre. Heureusement, il est retenu par les corps des autres passagers et parvient à passer la monnaie à quelqu'un. Une fois le virage passé, il se penche juste assez pour passer la tête devant la femme potelée à côté de lui, de qui émane une odeur âcre de lait de magnésie mélangée à de l'alcool. Il attend dans cette position, persuadé qu'il entreverra bientôt la jeune fille qui sera en train de le chercher du regard par derrière, mais elle ne réapparaît pas. Afin de transformer en jeu sa décision absurde, il se met à bouger la tête alternativement d'avant en arrière, mouvement entraînant l'oscillation de son bassin tel un pendule en apesanteur, tout juste quand le bus arrive à l'épingle à cheveux de la station-service de Puentes Grandes.

— Cramponnez-vous ! Il y a des personnes âgées et des enfants, ici, et même eux se tiennent correctement.

D'un coup, une pluie battante se met à tomber. L'eau arrive de partout, comme s'il pleuvait plus dans le bus qu'à l'extérieur. Les passagers se bousculent en tentant de l'esquiver. Deux femmes poussent un cri en changeant de siège et un jeune se suspend à la poignée du toit ouvrant pour tenter de le fermer. Au freinage du bus, deux gouttières d'eau froide convergent pour former un jet jusque dans le cou d'Eduardo, ce qui lui fait faire un bond, à l'instant où il aperçoit son étudiante descendre. Il pousse pour se frayer un chemin entre la jungle de corps, saute en direction de la sortie, trébuche contre la porte qui est en train de se fermer et manque de s'assommer sur un palier inexplicablement élevé à presqu'un mètre du trottoir.

La plupart de ceux qui sont sortis du bus sont en train de remonter en courant une rue qui fait un angle aigu avec l'avenue principale. D'autres traversent la route pour patienter dans une boutique de rationnement. Eduardo ne voit la jeune fille nulle part, mais il ne tarde pas à découvrir que la laiterie où il s'est abrité vend des petits fromages frais sans demander le livret de rationnement. Il en achète quatre et en avale deux, laissant les emballages sur des caisses de pin et de bagasse empilées.

Sous le linteau, alors qu'il observe la pluie et qu'il s'essuie la bouche avec un mouchoir que lui a offert Ángel pour son anniversaire, il décide de traverser la rue en direction de la boutique pour voir s'il peut y trouver un peu de pain.

Après avoir grimpé un escalier aux marches aussi hautes que des murs et aussi longues que des gradins, il découvre que le magasin est fermé et que les gens sur le palier sont tout aussi serrés qu'à la laiterie et que dans l'autobus. Mais au moins, ici, il y a de l'air frais. Enfin, c'est vite dit, car avec la pluie, de l'eau malodorante provenant d'une bouche d'égout qui déborde dévale la pente jusqu'à la grande rue.

— Excuse-moi, dit une voix féminine près de lui, juste au moment où il claque la langue de dégoût. As-tu quelque chose pour que je puisse m'essuyer la main ?

En levant les yeux, Eduardo se trouve devant le visage ovale de l'étudiante, qui a l'air de s'être sali la main droite avec de la graisse.

— Bien sûr, répond-il, aimable, alors qu'il range les petits fromages dans une poche de chemise et sort à nouveau son mouchoir.

— Il est tout propre, ça m'embête de le salir, commente-t-elle, avec une moue gracieuse.

— Ne t'en fais pas, c'est fait pour ! Montre-moi ça.

Eduardo prend la main de la jeune fille.

— Mmm, dit-il simplement, en commençant à frotter.

— Pourquoi tu dis « Mmm » ?

— Pour rien. Juste des choses qui me passent par la tête. Comment tu t'appelles ?

— Beatriz. Et toi ?

— Eduardo.

— Bien, Eduardo, pourquoi tu as dit « Mmm » ?

Il improvise.

— Finalement, rien n'arrive par hasard. Je veux dire que grâce à la saleté sur ta main, on peut mieux voir la longueur et la largeur de ses lignes. Tu vois celle-ci, par exemple ?

Beatriz sourit.

— Je ne crois pas en ces choses-là, mais oui, je la vois. Et alors ? Qu'est-ce qu'elle a de particulier ?

— Rien de mauvais, tu peux en être sûre.

— Tu m'intrigues. Tu sais vraiment lire les lignes de la main ?

— Pourquoi es-tu surprise ? Il y a beaucoup d'information, mais ce pays ne compte qu'une poignée de chiromanciens à moitié illettrés. Une honte. Crois-moi, nous ne sommes que très peu d'avertis, si tu pardonnes mon manque de modestie.

— Très drôle. L'étudiante fait alors un signe en direction de la brasserie La Tropical et de la forêt Bosque de La Habana. Tu es dans l'unité militaire, là-derrière ?

— Malheureusement, la mienne est à El Cano, à une heure de bus d'ici. Je venais voir un ami à La Ceiba, mais j'ai décidé de descendre avant pour sortir de ce bus épouvantable et m'acheter quelque chose à manger. Je ne suis pas pressé et il pleut toujours, alors, si tu veux, je te dis ce que je vois, c'est assez intéressant.

— Eh bien, puisque ce que tu vois est positif, tu as éveillé ma curiosité ! Si tu vois quelque chose de négatif, ne me le dis pas, je ne veux pas savoir.

Beatriz lui tend sa main.

— Voyons voir. Laisse-moi la nettoyer encore un peu.

La jeune fille éclate d'un rire franc et porte à ses lèvres sa main libre.

— Tu me chatouilles !

— Respire profondément et résiste. Prête ?

— Vas-y, dit-elle, les yeux fermés et en lui serrant doucement l'avant-bras.

Emporté par ce nouveau contact physique qui paraît dissoudre toute méfiance, Eduardo fait glisser le bout de tissu presque comme une caresse.

— Et maintenant ? ont l'air de demander les deux arcs de sourcils fins qui soutiennent le regard intense.

Il voudrait couvrir de baisers son beau visage, mais il dit, à la place :

— En vérité, ce que je vois ne me déplait pas. Ta ligne de vie est longue et profonde. Elle n'indique pas les années que tu vas vivre mais la santé et la vitalité, tu le savais ? Maintenant, je pense que tu veux savoir ce que dit ta ligne de cœur.

Elle acquiesce avec un sourire et il lâche les rênes de son imagination. Les mots qu'il prononce parviennent à déclencher le même sourire séduisant, qui le fait vibrer.

— Cette fois-ci, tu te moques de moi.

— Je te dis ce que je vois, ni plus, ni moins. Il est possible que je me trompe, mais c'est ta faute : avec tes fous rires, je ne peux pas me concentrer. En plus, j'avoue avoir tellement faim que je vois trouble. Excuse-moi de changer de sujet pour passer à un thème aussi basique. Je ne veux pas t'ennuyer.

— Tu ne m'ennuies pas du tout. Je crois même que tu as gagné le droit à un verre de malt et à une *empanada*.

— Où ça ? Cette fois, c'est toi qui te moques, je n'ai pas bu de malt depuis des années.

— Juste là, au coin. S'ils n'en ont pas, j'en ai encore chez moi, je l'ai acheté hier. De toute manière, il s'est arrêté de pleuvoir, alors nous n'avons rien à faire ici. Je ne sais pas toi, mais j'ai un million de choses à faire, à commencer par une dissertation qui est en train de me pousser aux frontières du désespoir.

Eduardo se souvient qu'il doit retourner à l'unité militaire, mais il a du temps devant lui. Plus tard et plus il fait sombre, mieux c'est.

— Qu'est-ce que tu étudies ?

— L'économie. Je ne sais pas pourquoi je n'ai pas payé quelqu'un pour qu'il tape mon devoir à la machine à écrire.

— Je te prête la mienne, si tu veux. Je ne l'utilise pas en ce moment parce que, comme tu peux le constater, je suis en uniforme.

— Tu en as une, c'est vrai ? Alors tu dois aussi savoir dactylographier. L'homme-orchestre !

*****

La petite fille de la photo, sous le verre de la table de nuit, sourit à l'appareil. Elle brille avec la candeur de l'innocence.

Son sourire laisse deviner un soupçon de la malice avec laquelle, dix ans plus tard, elle allait regarder Eduardo dans le miroir de la coiffeuse, en se passant une main dans les cheveux, une barrette en os entre les dents.

La chambre sent l'ozone et les fluides corporels, mais aussi le tabac, le malt et les *empanadas*. Encore trempé de sueur et épuisé par l'extase, le regard d'Eduardo se régale de la rondeur des fesses de Beatriz, de la courbe de ses hanches et de ses seins fermes, que l'on ne devine pas encore sur la photographie.

Ils l'ont rendu fou il y a quelques minutes et ils l'affoleront encore en un rien de temps. Pour l'instant, il se rappelle la phrase d'un ami, la tête contre l'oreiller et un sourire aux lèvres : « C'est toujours facile de venir, mais c'est plus dur de se barrer ! » Il est en total désaccord avec la phrase : il pourrait rester enfermé ici avec Beatriz pour l'éternité.

Le tintement de la pluie sur la tôle de zinc de la fenêtre lui semble être le fond sonore idéal pour se frotter à la peau lisse de la jeune femme, qui s'est allongée à côté de lui pour l'embrasser. Quand il perçoit la douceur de ses lèvres, Eduardo ne pourrait imaginer une meilleure image du paradis. Et il repousse, dès qu'elle survient, l'idée de retourner à l'infernale unité militaire.

Gilbert et King

— Je ne pense pas t'avoir déjà raconté cela, Isa, mais il est important que tu le saches. Ma vieille m'a donné la vie dans la maison de Caibarién, dans la pièce où mon vieux gardait la nourriture, les outils et d'autres conneries. Nous étions des jumeaux, mais l'autre bébé était une chose étrange, ils disent qu'il avait une très grosse tête et des pinces de crabe. D'après ce qu'on m'a dit, il est sorti en premier. Il s'est mis à courir sur le sol de terre et s'est perdu quelque part dans les enclos à cochons que nous avions, derrière le fossé et les goyaviers.

Isabel reste de marbre en entendant l'histoire que son mari est en train de lui raconter.

— Mon vieux essayait de le faire fuir tous les jours en lui lançant des pierres, mais l'autre réapparaissait dès qu'il donnait à manger aux chiens. Ceux-là l'ont presque tué, un jour, à force de le mordre. Les garçons de mon âge me charriaient avec cette histoire, mais après que j'ai cassé l'arcade et deux dents à Barreto, plus aucun petit salopard n'a osé ouvrir sa bouche.

La femme ne se met pas debout pour aller à la cuisine s'occuper du café qui coule dans sa poche en mousseline. Elle ne se remonte pas non plus le sein avec l'avant-bras, cette manie qui dégoûte tellement Felo. Elle le regarde simplement, immobile et sans mot dire. Cela vaut-il la peine de lui donner plus de détails sur la fois où ils se sont empêtrés dans les cordes à linge et où ils sont tombés au sol, tous les deux ? Et qu'à force de coups de machette, deçà, delà, il était arrivé à le coincer dans le fossé ? Et qu'il se traînait encore, le salaud, jusqu'à ce qu'il le termine finalement avec l'aiguillon du bâton pour les bœufs, appuyé contre l'un des enclos.

À la sonnerie du réveil, sur la table de nuit, Felo tente d'ouvrir les yeux, mais la lumière filtrée par la fenêtre les brûle aussitôt. Il se retourne dans son lit, étire un bras et, n'ouvrant qu'un œil à moitié, désactive le réveil. Il trouve incroyable qu'il soit déjà six heures du matin et se souvient qu'aujourd'hui, mardi 14 septembre 1988, une longue journée l'attend.

*****

Felo voit arriver un camion dans l'avenue. Ce n'est pas celui de Gonzalo. Il se balade d'un côté et de l'autre sans s'éloigner beaucoup du coin de la rue. Il a les documents qu'il faut pour s'occuper correctement du déjeuner de l'équipe. Il a un peu forcé sur la boisson, hier soir, et aujourd'hui, même son âme le fait souffrir. Il devient trop vieux pour ça, surtout pendant la semaine. Il se rappelle qu'il reste encore plusieurs plaques de fibrociment à mettre dans l'espèce de baraquement qu'ils appellent « le module ». La pierre concassée doit arriver aujourd'hui. Il pourrait profiter des volontaires pour couler la dalle de ce qui deviendra le toit des toilettes et pour faire les fondations de la nouvelle salle de soins intensifs. Les planches de bois sont enfin arrivées, ce qui leur évitera d'enduire les plafonds, mais les soucis d'approvisionnement sont nombreux : il leur manque les câbles, les tableaux électriques, les carreaux... Et maintenant, soi-disant qu'ils ne peuvent plus envoyer de cimentier à cause d'une raison absurde. Aussi absurde que celle que cette fille albinos de la pizzeria lui a récemment donnée pour ne pas lui servir de bière : « Les bouteilles sont divisées entre les deux serveurs et si l'un a tout vendu, il ne peut pas vendre celles de l'autre. » La vérité, c'est que le projet d'agrandissement de l'hôpital a déjà été modifié plusieurs fois et que lui, le chef du chantier, bien qu'il n'en ait absolument rien à cirer, ignore toujours si la charpente doit être faite en aluminium ou en bois. Par contre, les gens du Parti Municipal viendront quand même les rabrouer aujourd'hui, ça oui !

Un autre camion. Pas le bon non plus.

Le weekend est passé trop vite, il n'a pas installé le nouvel évier chez lui, ni les fenêtres dont il doit s'occuper depuis des semaines... et ce maudit cyclone qui se rapproche. Il a traversé la Jamaïque et Grand Cayman et se dirige maintenant vers la côte sud de Cuba.

Ah, le voilà enfin.

— Bonjour chef, dit Lázaro, du côté droit de la cabine.

— Ça roule ? demande Gonzalo, au volant.

— Eh bien, me voilà, répond-il rapidement, avant de grimper à l'arrière du camion en donnant quelques coups avec ses phalanges contre le toit de la cabine. Allez !

Il s'accroche au fer rouillé et froid. Le temps est toujours menaçant et les rues sont désertes. Ils l'ont dit à la météo : les conditions atmosphériques vont continuer à se détériorer à mesure que Gilbert s'approche de l'île.

En passant près d'une pile de débris et de vieilles babioles à Reina et Rayo, le fibrome de son rêve lui saute à l'esprit. Il revoit la poche en tissu pour faire couler le café et sa femme Isabel, la personne qu'il aime le plus au monde et qui le traite avec tellement de patience, même dans ses cauchemars les plus déconcertants. Il se rend alors compte qu'il a oublié de se rendre à la banque de sang hier, alors qu'il aurait pu partir plus tôt car ils étaient à court de sable. Il ne peut pas donner de sang aujourd'hui à cause de l'alcool qu'il a bu la veille. De toute façon, il n'aurait pas eu le temps. Demain sans faute, à la première heure, avant d'aller à la municipalité, se dit-il. Il n'est pas question de demander à quelqu'un d'autre de l'équipe de faire un don de sang pour une question si personnelle. Pourquoi Eduardo a-t-il attendu tellement de temps avant de lui en parler ? Pauvre petite. Son père sait-il qu'elle est enceinte et qu'elle veut avorter ?

Avec tous ces nids de poule sur la route, les réminiscences et les préoccupations s'envolent à l'instant même où elles surgissent. Felo presse ses tempes pour protéger toutes les choses qu'il a à faire des bosses et des virages. Ce soir, sans faute, il installera l'évier. Ce weekend, la fenêtre du salon. Il remarque que certains arbres du parc de la Fraternidad ont perdu de grosses branches et que le peu de feuillage qu'il leur reste est à l'horizontale, secoué par les rafales. En voyant qu'un panneau de signalisation a fini sa course sous le porche d'une maison, il redoute que Gilbert soit aussi violent que King, qui s'était acharné sur la région centrale de l'île en 1950. Il ne sait plus d'où était venu cet autre cyclone, mais il en avait personnellement souffert, à Caibarién. Le vent avait détruit les huttes, les maisonnettes les plus solides avaient perdu leurs toits et les corps gonflés des poules et des cochons étaient entraînés par le courant du rio Guaní. En fait, le niveau du Guaní et du Bartolomé était monté jusqu'à ce que les deux rios sortent complètement de leurs lits et se transforment en lacs, inondant tout. Il n'oubliera jamais comme les bourrasques de vent et la pluie implacable frappaient leur maison, alors que sa famille et lui passaient des nuits entières sans dormir, dans un faux calme, par peur de ce qui pourrait arriver.

Un de ces jours de cyclone, aux environs de six heures du matin, son père obligea Angelito et lui à ramener deux de leurs bœufs qui étaient au pied de la colline de Loma de Guajabana. Ils ne trouvèrent pas les bœufs et tandis qu'ils peinaient à redescendre la grosse centaine de mètres, l'air se transforma en une force visible, chargée de particules solides, qui faisait un bruit à couper le souffle. Les vents devaient aller à près de deux cents kilomètres à l'heure. Felo agrippa son petit frère et ils se couchèrent par terre entre les racines d'un arbre fromager, où ils restèrent pendant un moment qui leur parut être une éternité. Ce fut une expérience aussi excitante qu'effrayante.

King transforma les cultures de la famille en marécages et leur maison resta inondée pendant plusieurs jours. Il s'en souvient bien car il les passa chez sa marraine, dans le centre du village, et que c'est à la fin de cette semaine que son père les abandonna pour s'enfuir avec la fille d'une voisine qui habitait dans une cahute, de l'autre côté de la ligne de chemin de fer. Il ne le hait pas pour cela. En fait, il lui est plutôt reconnaissant de les avoir laissés à ce moment-là plutôt que des années plus tard, car avec lui disparurent les cris, les coups et les peurs. Grâce à son absence, Felo put cultiver un rapport avec sa mère qui, avec le temps, leur procura sécurité, réconfort et soutien mutuel. Et le jour de la fête des pères, il ne pense pas à lui, mais à elle.

Le camion prend un virage serré par un passage étroit et boueux, entre une pile de blocs et une autre de tiges en acier, pour s'arrêter en face d'Augustin, d'Ibañez le sourd et de Cuco. Ils patientent, assis sur des planches.

— Bonjour. Vous êtes bien rentrés, hier ?

— Bien, même si j'en avais bu quelques-unes ! Par contre, je me suis pris l'averse. Ils sont où, les autres ?

— J'sais pas.

— Alors, t'étais bien farci quand t'es parti hier ! crie le sourd, dont ils ont célébré le soixantième anniversaire la veille.

Au lieu de répondre, Felo détourne son attention sur un jeune qui s'approche en trainant sa pelle derrière lui.

— Putain, Iván, combien de fois dois-je te dire de prendre soin de tes outils ? Imagine que tu vas en guerre et que c'est ton fusil !

Il sait qu'il ne gagne rien à être aussi strict, mais il ne peut pas se comporter autrement. En plus, s'il n'était pas comme ça, les chefs ne lui feraient pas confiance et ses subalternes lui marcheraient sur les pieds. Surtout les jeunes, ces soi-disant « nouveaux hommes » du Che, avec leur paresse insolente et leurs manières violentes et arrogantes de parler, de marcher, de cracher, de rire et de disparaître complètement de leurs postes de travail dès que l'occasion se présente.

Depuis la cabine du gardien, quelques hommes en train d'écouter Radio Reloj leur demandent de se taire. Felo les rejoint et entend que l'ouragan du siècle se trouve à une latitude de 19,9° nord et à une longitude de 85,3° ouest, à 472 kilomètres de La Havane. Il s'est intensifié pendant la nuit, jusqu'à atteindre la catégorie cinq, avec des vents à 290 kilomètres à l'heure. Il se déplace en direction ouest-nord-ouest vers la capitale.

*****

Pas très loin de la cabine, Eduardo saute du marchepied d'un chariot élévateur en mouvement et va s'asseoir sur les planches avec les autres. Sa présence inhabituelle sur le site de construction à huit heures du matin se doit en partie à son besoin de faire des heures de travaux publics « volontaires ». À l'université, ils ont commencé par en demander quarante par an, puis quatre-vingt et maintenant cent vingt. Ainsi, il essaie d'en faire quelques-unes à la brigade de son oncle, dans l'espoir qu'il lui attribue plus d'heures sur le certificat qu'il a l'intention d'en effectuer. Mais le papier en question fait toujours défaut.

Il se souvient de l'admiration qu'il vouait à son seul oncle lorsqu'il était petit. Il l'animait d'une virilité débordante à chaque fois qu'il le voyait. Il ne sait pas comment cette sympathie d'enfance a pu laisser place à une aversion viscérale pour ce chef de chantier intolérant avec des poils dans les oreilles. Ce radical inconditionnel qui reproduit tous les clichés flagrants du moment par ses gestes ridicules. Eduardo imagine son oncle en train de réciter une prière de haine tous les matins, en tenant son blaireau de rasage dans une main et sur le point de se flageller en s'écrasant un testicule sur le lavabo. Buvait-il du vinaigre au petit-déjeuner ? Pourquoi ce caractère aussi amer et cette prédisposition à se dresser contre tous ?

Mais mieux vaut dissimuler cette aversion, la garder pour lui et prétendre qu'elle n'existe pas. Ce qui est encore plus important que la quantité d'heures qu'il pourra glaner pour l'université, c'est que son oncle lui obtienne enfin l'attestation du don qu'il a promis de faire pour l'avortement de Beatriz. En effet, lorsqu'Eduardo a dit à la banque de sang qu'il venait de sortir d'une grippe avec une forte fièvre et qu'il avait pris des médicaments, ils lui ont répondu qu'il ne pourrait pas donner de sang pendant quinze jours. C'est pour cela qu'il a besoin de celui de Felo.

Beatriz en a besoin pour se sortir de ce mauvais pas. Ils ont besoin du sang du fanatique.

À l'odeur des sardines

Eduardo se demande quel sens peut bien avoir sa vie depuis sa séparation avec Beatriz.

Cet après-midi, il a accompagné Nano et Orejita au double match de baseball au stade Latinoamerico et il s'est profondément ennuyé. Les seuls moments captivants ont été lorsque l'arbitre a pris la décision contestable de siffler faute pour une balle envoyée vers le sol, par-dessus le repère de la troisième base, et la sortie provoquée par le lanceur des Industriales, interceptant une balle frappée en flèche qui lui arrivait tout droit sur le visage.

Sans même attendre la fin du premier match, ses deux amis se sont serré la main et ont quitté le stade, l'un pour aller se reposer et l'autre pour aller voir une fille à Lawton.

— Je vais rester encore un peu pour voir si ça s'anime, avait marmonné Eduardo.

Mais avant que cinq minutes ne s'écoulent, il avait lui aussi abandonné le stade pour échapper au fantôme de Beatriz, qui persistait à apparaître dans les gradins et dans les lumières du stade.

Il prend par Consejero Arango, une montée, puis une descente, et à la fin de la rue, il tourne à gauche. Une odeur aseptisée le ré-enveloppe dans la triste affaire de l'interruption de grossesse. Elle est presque identique à celle de l'hôpital de Gynécologie obstétrique où ils ont obtenu l'un des vingt créneaux quotidiens consacrés aux avortements provoqués. Lui, tout comme Beatriz, avait pensé que ce serait la meilleure solution au cauchemar auquel ils étaient confrontés. Ils avaient tort.

En vain, il s'engage à présent dans les rues du quartier d'Atarés, espérant croiser un ami avec qui tuer le temps. Il n'aperçoit personne. Mais ses pensées continuent de se remplir du sourire tendre de Beatriz. Il porte les mains à son visage et se dit : tu verras comme tu l'auras vite oubliée.

La tête basse et les pieds remuant la poussière, il arrive jusqu'au studio, dans le bâtiment commun. Il lève le demi-rideau du battant ouvert de la porte et aperçoit son père, de dos, en train de cuisiner, sifflant et secouant la tête au rythme d'une vieille mélodie sur la nuit créole, une belle femme noire et une âme bohême.

— Tel un chat à l'odeur des sardines, dit Ángel sans le regarder et sans cesser de s'affairer avec la cocotte-minute, la louche, la casserole en aluminium, l'écumoire et deux assiettes. Tu n'as pas intérêt à ressortir, c'est prêt.

Bombes

Pepe tourne délicatement la base d'une bouteille de vin rouge chilien, tout en éloignant le goulot du rebord du deuxième verre qu'il est en train de remplir. Emilia ressent un mélange de jalousie et de dédain en observant son mari donner à son verre quelques mouvements circulaires avant d'en humer le vin qui tournoie. L'homme semble évaluer la couleur et les fines cascades qui baignent les parois intérieures du verre, puis il remplit sa bouche et la fronce comme s'il allait siffler. Il fait gargouiller le liquide.

Emilia le regarde discrètement en se préparant à l'inévitable jeu des associations et des évocations. Peut-être qu'aujourd'hui il y aura framboise, cerise, fraise, noyer, cannelle, sauge, rose, poivre, miel, chocolat, pin ou cuir. Sûrement pas herbe sèche ou goudron. Et quels adjectifs, en accompagnement ? Peut-être crémeux, velouté, charnu, onctueux, vigoureux, frais, torréfié, soyeux, brillant, vif ou parfumé. Avec une touche d'asphalte ?

Oh, le connaisseur tient le verre en hauteur. Cette fois, il faut prêter attention. Quel pourrait être le verdict ?

— À la démocratie !

Déconcertée, Emilia lève son verre.

— Tu te rends compte, mon amour, que nous avons fait ce geste plus de fois en presque dix ans ici qu'en toutes les années passées à Cuba ? demande-t-il sans reposer son verre sur la table.

Comment pourrait-elle l'oublier ?

— Et encore un toast pour ce pays et pour la chance que nous avons eue qu'il nous ouvre ses portes, répète Pepe.

Emilia lève son verre, boit une grosse gorgée et l'écoute s'étendre sur la visite qu'il veut rendre aux membres de sa famille à New York. Ce n'est pas qu'elle ne veut pas y aller, mais son mari a l'air beaucoup plus enthousiaste à l'idée d'assister au « Cubafestival » que de visiter Central Park, la gare Grand Central ou les promenades en bateau qu'elle voudrait faire, sans parler du Musée de l'Immigration. C'est vrai que c'est la famille de Pepe qui est venue les chercher à l'aéroport d'Opa-Locka, comme on réclame une valise au bureau des objets trouvés, mais de l'eau est passée sous les ponts.

La sonnette retentit et Pepe s'empresse d'aller ouvrir. Pour autant qu'Emilia sache, ils n'attendent personne. Quand la porte se ferme, cependant, elle reconnaît la voix d'Abelito, un ami d'enfance de Pepe qui vit à côté des Everglades et qui vient de temps en temps à Miami pour, selon ses dires, voir sa famille et ses amis, mais elle connaît ses magouilles.

Immédiatement après être entré et l'avoir saluée de loin, le visiteur passe à la cuisine sur les talons de son ami, qui lui demande de but en blanc :

— Tu as trouvé quelque chose ? Je suis à sec.

— Mon frère, ce que je t'ai trouvé, c'est de la bombe hydroponique superpuissante, répond Abel, en plaçant un petit sac de nylon transparent sur la machine à laver. Ça coûte presque le double que d'habitude, mais essaie et tu me diras si ça ne les vaut pas.

— Comment as-tu trouvé ça ?

— Ah ! C'est une longue histoire, alors roule-toi un pétard et je te donne la version courte. Tiens, voici des feuilles. C'est un pote d'El Cotorro qui vient d'arriver qui me l'a passée. Il habite dans une de ces maisons où les illégaux peuvent cultiver de l'herbe et s'en occuper comme si c'était la leur, en échange d'un toit et de protection contre les services d'immigration.

— Je l'allume ?

— Pas la peine de traîner ! Je vais te dire une chose, mec. Le gars est ingénieur chimiste, il a accepté cette petite entreprise parce qu'il gagne plus d'argent que dans les jobs pourris qu'on lui propose. Et parce qu'il a besoin de se faire beaucoup de fric le plus vite possible pour sortir sa fille de Cuba. Mais il peut se trouver un bon boulot à tout moment et, d'un coup, nous sucrer la marchandise, c'est un scientifique. Scien-ti-fi-que. Et il vend de la marijuana. Dingue ! Alors, t'en penses quoi ?

*****

Emilia a apporté son verre de vin dans le bureau, à l'étage, pensant s'asseoir pour écrire à Cuba. Elle cherche des mots de soutien et d'espoir. La seule chose qui lui vient à l'esprit, c'est la méfiance générée autour des Marielitos qui sont arrivés par centaines et sans interruption en 1980, alors que les taux de chômage montaient en flèche. Ils furent d'abord hébergés au stade Orange Bowl, puis transférés à la « ville des tentes », installée sous le nœud des intersections de l'autoroute inter-États I-95, à Miami. Les soixante-dix-huit mille arrivants qui n'avaient personne susceptible de les parrainer furent dispersés dans des bases militaires, des centres de détention et des prisons dans l'ensemble du pays. Pepe a un autre point de vue sur la question. Il dit qu'en dix ou vingt ans, les Marielitos auront forgé un véritable rêve américain et se seront convertis en cadres et en hommes d'affaires qui ennobliront la communauté cubano-américaine, comme les lots d'immigrés précédents. Mais elle ne voit toujours pas ce rêve devenir réalité.

Elle abandonne ses divagations pour commencer un nouveau cycle d'appels téléphoniques aux deux seuls numéros de voisins qu'elle connaît pour appeler sa famille à Cuba. Puisqu'elle ne peut pas joindre le premier, elle tente le second. Comme personne ne répond, elle appuie avec un doigt sur l'interrupteur où doit reposer le combiné.

— Je t'aime, papa, murmure-t-elle, l'émetteur toujours contre son menton.

Elle ne se souvient pas d'avoir jamais dit ces mots à son père. À partir de maintenant, elle les lui dira plus souvent et il devra les accepter, au lieu de faire l'énumération des brouilles avec lesquelles il remplit ses journées insipides à Cuba. Elle ne sait pas pourquoi, pendant ses années d'adolescente arrogante et inadaptée, elle ne s'était pas rendu compte de tout ce qu'Ángel faisait pour leur famille, peu importe ce que disent les mauvaises langues. Il lui faisait honte avec ses saouleries, c'est vrai, mais c'est lui qui, par exemple, lui avait transmis le virus de la lecture grâce à sa collection du *Reader's Digest*. C'est avec ces articles et ces histoires qu'elle luttait contre l'ennui, s'imaginait le monde et rêvait. Et elle lui doit en grande partie la femme qu'elle est aujourd'hui, pour encore bien d'autres raisons. Pour lui, la famille a toujours été le plus important. Elle le sait. Quand sa maman fut atteinte de ce terrible cancer qui finit par l'emporter, il n'aurait pas pu être meilleur époux, ni meilleur père envers elle et son frère. Il avait décidé de rester près d'eux à Cuba au lieu de partir avec Mireya et Sofía, qui, en somme, étaient sa nouvelle famille.

Emilia descend au salon et se sert un autre verre de vin, qu'elle savoure devant les escaliers en écoutant le murmure des voix de son mari et d'Abel, à la cuisine. De retour dans le bureau, elle boit à la santé du seul grand homme de sa vie. Elle repose le verre sur le pupitre et s'assied. À Cuba, le jour de la fête des pères, elle avait l'habitude de lui envoyer une carte accompagnée d'une bouteille de rhum, la meilleure qu'elle pouvait acheter. Elle n'aimait pas qu'il boive, mais comme elle savait qu'il allait se saouler de toute manière, il valait mieux s'assurer qu'il le fasse avec quelque chose de qualité et non pas avec cette mort-aux-rats qui sortait des immeubles de La Havane, sans parler de l'alcool méthylique qui en a tué tellement. Sa petite bouteille contribuerait quoiqu'il arrive au même résultat létal que les alcools modifiés, mais son père pourrait profiter d'une expérience bien plus agréable, autant sur le plan esthétique que sensoriel. Elle promet qu'elle fera tout ce qui est en son pouvoir pour aller de l'avant. Pour elle-même, pour lui et pour Eduardito.

— Et bien sûr je ne t'oublie pas, maman chérie, dit-elle en un soupir au cadre photo posé sur le bureau. Si tu avais une adresse à laquelle je pouvais t'envoyer une lettre ou une carte postale avec tout mon amour, je le ferais sur-le-champ. J'aimerais tellement que tu sois là, près de moi.

Quelques larmes lui échappent. En clignant des yeux pour se désembuer la vue, elle remarque qu'un moineau est apparu à la fenêtre. Elle essuie ses larmes du revers de la main et implore un signe de la figure insaisissable de sa mère après une absence de presque vingt ans. Le moineau fait deux petits sauts sur le rebord de la fenêtre et s'envole.

Emilia se met debout et fait quelques pas dans la pièce. Il faut qu'elle se motive. Hier, elle a proposé à Pepe d'aller au cinéma et au théâtre mais, pour changer, son mari a argumenté qu'il était fatigué et qu'il devait préparer l'un de ces discours. Cela ne la dérangerait pas d'aller toute seule au théâtre de Coral Gables pour sentir la présence des comédiens sur scène et entendre leur élocution si claire, à quelques mètres d'elle. Elle pourrait aussi aller au cinéma pour suivre des personnages au travail, les accompagner à table et s'immiscer dans leurs vies jusque dans leurs lits sans qu'ils ne la voient, protégée par l'obscurité de la salle de projection. Mais elle a besoin d'un vrai contact, avec de vraies personnes. Elle en a assez du regard vide et de la fausse rigidité de ses collègues de travail. Elle ne peut pas dire que les élèves de l'institut où elle enseigne l'espagnol deux soirs par semaine et les samedis soient un océan de bonheur, mais au moins, ils ne l'ennuient pas. À présent, elle insère une cassette de vieilles chansons cubaines qu'elle a achetée sur la huitième rue dans le magnétophone et elle descend se resservir du vin.

En remontant les marches, il lui semble entendre Abel dire bonsoir. De nouveau assise derrière son bureau et bien décidée à ne pas sortir de son refuge de sitôt, elle tente de se remettre à écrire, mais les trompettes du Conjunto Casino qui interprètent *Llanto de luna* l'émeuvent. Elle termine son verre et la musique la transporte aux cercles sociaux ouvriers des plages de Marianao, où les juke-boxes scandaient des chansons similaires jusqu'à satiété, alors qu'elle se dorait au soleil.

Comment effacer cette grande tristesse laissée par tes adieux ?
Comment t'oublier si, au fond, au plus profond, tu es là ?
Comment vivre ainsi, dans cette solitude où je me languis de toi ?

De la musique pour les vieux ivrognes, on disait alors. Et maintenant, son verre à la main, un léger sourire lui traverse le visage.

*****

Allongé sur le canapé, Pepe se roule un deuxième joint. Il l'allume, jette le briquet sur la table basse et s'installe dans un coin. Il se met à penser que leur niveau de vie aux États-Unis leur permet de jouir d'un foyer sûr et tranquille, mais seulement en apparence. Toute la sécurité que leur procure cette belle maison de deux étages et trois chambres dans laquelle ils habitent à la Petite Havane, ainsi que toutes les précautions qu'ils prennent, à l'intérieur et à l'extérieur de celle-ci, sont insuffisantes pour parer aux accidents inexplicables et étranges qui parsèment leur vie mouvementée. C'est une espèce de manège auquel il manque une vis et sur lequel il se regarde tourner. Vont-ils pouvoir continuer à payer le loyer ? Est-ce qu'un évènement horrible les attend au coin de la rue ? Un crocodile pourrait surgir des égouts à tout moment. Récemment, l'une de ces sales bêtes a dévoré un joueur de golf, à Palm Beach. Il y a quelques jours, plusieurs patients d'un hôpital sont morts car les appareils qui garantissaient leurs fonctions vitales ont été débranchés accidentellement par un concierge. Un motard a aussi été décapité par une plaque en métal qui est malencontreusement tombée d'un camion en mouvement. Sans parler des cinglés qui choisissent leurs victimes au hasard. De toute manière, avec cette vie si agitée, il n'y a même pas le temps de préparer sa nourriture et encore moins de la faire pousser. C'est pour cela que, dès que l'on se met quelque chose dans la bouche, on est exposé à des agriculteurs et à des ouvriers anonymes, parmi lesquels on ne peut garantir qu'il n'y ait pas un taré capable de…

— Chéri, quand tu vas à la cuisine, mets les pizzas au four, s'il te plait. La mienne, je pense que je vais la manger en haut, j'ai un million de choses à faire, dit Emilia, depuis les escaliers.

Pepe va à la cuisine, allume le four à gaz et place le bouton qui contrôle la flamme sur la position moyenne. Il sort deux pizzas emballées du réfrigérateur, déchire le plastique et les place sur un papier aluminium avant de tirer une grosse bouffée du joint qu'il a gardé entre ses lèvres pendant tout ce temps.

— Oui ? entend-il Emilia répondre, à l'étage. Ah, comment je savais que c'était toi ? Quoi de neuf ? Surveille les pizzas, c'est pour moi ! Non, non, je parlais à Pepe… Oui… Haha, ce n'est pas vrai…

Pepe prend un pot dans le placard à épices, saupoudre les pizzas avec de l'origan et les met au four. En se baissant pour regarder à travers la porte transparente pour ajuster la flamme, l'idée que le four puisse lui exploser à quelques centimètres de la figure le terrorise. Cela lui ferait sauter les tympans, voler les joues. PAF ! BAM ! BOUM ! Avec l'explosion, des échardes métalliques seraient éjectées, s'enfileraient dans ses oreilles et lui mangeraient le cerveau. Arrête tes bêtises, se reprend-il en entendant Emilia au téléphone.

— Aha… et puis ce n'est pas… et il n'a pas… donc… Ah oui…

Avec cet appel, elle ne lâchera pas le téléphone avant une heure, calcule-t-il, convaincu qu'il s'agit de la quadragénaire accro au boulot qui ne laisse parler personne et dont le travail est de résumer et de taper à l'ordinateur le contenu de dossiers médicaux pour un fournisseur de United Healthcare. Emilia aussi a commencé à le faire pendant son temps libre. Elle leur rend visite presque toutes les semaines depuis que son mari est mort d'un coup de sabot d'une jument avec laquelle il voulait faire des galipettes, selon les mauvaises langues de Hialeah.

Pepe baisse le feu du four, reprend le joint posé sur le comptoir et sort dans la cour. Il y retrouve son verre de vin rempli à moitié qu'il vide d'un trait avant de porter le pétard éteint à la bouche. L'herbe est indubitablement la drogue qui lui correspond le mieux. Il s'est frotté à d'autres, même à l'héroïne, qui l'a aidé pendant un moment à s'isoler de tout pour se concentrer sur ses idées dans une agréable sensation de chaleur, mais ce n'était pas pour lui. Les amphétamines, il en avait pris en société, pour avoir des conversations longues et spirituelles quand il avait une vie politique plus active. Elles lui donnaient de l'énergie et des bonnes vibrations. Mais ça, c'était avant. Maintenant, elles le rendent erratique. C'est la cocaïne, à présent, qui lui procure un effet semblable à ce qui lui manque le plus dans les amphétamines. En prime, ça le fait baiser mieux, conduire mieux et se sentir plus élégant. Le seul aspect négatif, c'est que ça le fait transpirer et crisper la mâchoire ; à tel point qu'il a peur de s'abîmer une dent. Et on ne plaisante pas avec les dents sans assurance maladie.

Il pense à toutes ces choses en se dirigeant vers la cuisine pour surveiller le four. De nouveau face à la petite porte, il lui vient à l'esprit l'histoire de la nounou qui avait endormi deux jumeaux turbulents avec du gaz. C'est sûrement une légende urbaine, comme tout le reste, mais il ne cesse d'être étonné par la folie des gens. Il suffit de penser au cas de Marcelino, qui, à La Havane, passait des mois entiers à l'extérieur d'un magasin de La Alborada à vendre tranquillement ses petits pots d'aluminium aux passants, tout cela pour qu'au pays des Yankees, il plante un couteau dans la poitrine d'un Nicaraguayen et lui tranche la gorge.

En comparaison avec tous ces cinglés, il se considère être un type plutôt serein. L'unique « problème » qu'il ait eu dans son pays d'adoption, c'est une amende pour « conduite en état d'ivresse », alors que la voiture était garée devant sa maison ! Il a pourtant tenté d'expliquer à l'agent qu'il s'était disputé avec sa femme, comme cela peut arriver au meilleur des couples, qu'il était entré sobre dans le véhicule et qu'il avait commencé à boire dedans, mais sans aucune intention de conduire, et qu'il avait simplement allumé le moteur pour utiliser l'air conditionné et la radio.

— Ces *rednecks* de merde sont les gens les plus coincés que l'on puisse trouver, marmonne-t-il. Un voisin commère avait dû appeler la police.

— Elles sont prêtes, ces pizzas ? demande Emilia, à côté de lui, le faisant dessaouler de frayeur.

*****

De retour dans son bureau, stylo en main, Emilia se met à relire le brouillon de l'article qu'elle a écrit dans la matinée :

> ... Très peu des membres du gouvernement Carter avaient fait l'expérience directe de la crise de Camarioca. C'est peut-être la raison pour laquelle ils ne prêtèrent pas attention aux avertissements répétés de Castro, qui, déjà à ce moment-là, pensait à rouvrir les frontières. La CIA elle-même avait mentionné dans plusieurs communiqués qu'une migration à grande échelle risquait de se produire. Les États-Unis ont d'abord accueilli les réfugiés à bras ouverts, puis les ont rejetés, puis les ont lâchés dans les rues de Miami, puis les ont mis derrière les barreaux. Refusant catégoriquement de négocier avec Cuba, le gouvernement suggéra quelques jours plus tard qu'il voulait bien le considérer, mais avec comme seule condition l'exigence naïve que Castro mette fin à l'exode. Le fait est que quand les deux parties se sont finalement installées à la table des négociations, la « flotte de la liberté » avait déjà fait débarquer plus de 125 000 Cubains. Selon les statistiques, 375 000 autres étaient inscrits pour partir mais n'y sont pas parvenus. Il reste donc un résidu non négligeable. C'est précisément ce résidu qui va pouvoir permettre une fois de plus à Castro d'avoir le contrôle sur sa relation avec les États-Unis, par le biais de la valve d'émigration, une bombe démographique que nous l'avons déjà vu utiliser comme arme politique à plusieurs reprises.

Après avoir fait quelques changements, elle emmène son brouillon dans la chambre, allume la lampe de chevet et, sur la table de nuit, prend l'anthologie des contes nord-américains pour pouvoir y poser ses papiers. Elle sait déjà que juste au moment où elle se sera endormie, Pepe viendra se mettre au lit et la réveillera, sans même lui faire un câlin. Ou peut-être qu'il le fera de cette manière simiesque avec laquelle il l'agrippe avec ses orteils et qu'elle suppose devoir prendre comme un petit pincement rigolo. Elle ne sait jamais si son mari est fatigué ou s'il veut simplement qu'elle disparaisse de sa vie. Le plus triste, c'est qu'il manifeste cette apathie envers tout le monde et qu'il devient de plus en plus bourru. S'il ne lisait pas les nouvelles et ne conservait pas certaines préoccupations politiques, il ne serait pas si différent de Rip Van Winkle. Que découvrira-t-il en se levant ? Combien de choses auront changé autour de lui ? Comprendra-t-il quelque chose de ce pays qui se réinvente à chaque seconde ? Il lui manque juste la barbe d'un pied de long. Pour couronner le tout, Emilia suspecte par moments son mari d'avoir été piqué par l'insecte de la jalousie professionnelle en voyant les premiers pas qu'elle est en train de faire avec ses articles d'opinion pour *El Cubanito*. Il ne manquait plus que ça !

*****

Pendant ce temps, sur le bord du sofa et penché sur la table basse, Pepe porte à sa narine l'extrémité d'un billet enroulé. Il sait que cette petite dose est la seule chose dont il a besoin pour terminer la soirée sur une note positive : baiser avec sa femme. Il avait dû prier Abel pour qu'il veuille bien la lui vendre. Le rituel terminé, il prend entre les mains une copie du *Nuevo Herald* et s'étire sur le canapé en attendant qu'apparaissent les effets.

La première chose qu'il sent est un chatouillement dans la narine droite. Puis, une goutte de sang lui échappe et s'arrête sur le journal. Il renifle fort, saute du canapé, presse son nez entre son pouce et son index et court au lavabo en respirant par la bouche. Devant le miroir, il tamponne l'orifice problématique avec du papier toilette et tente de se relaxer, convaincu que le saignement aura cessé d'ici quelques minutes. Il a l'habitude, se dit-il, avec la tête en arrière et en avalant ce qui lui descend dans la gorge.

Tous les chemins mènent à la promenade

Ángel fut convoqué pour son procès à la quatrième chambre correctionnelle de la province quatre ans après avoir été libéré sous caution et ils avaient tardé encore six mois à lui faire connaître le verdict. Bien que jugé innocent, ils lui avaient demandé de se présenter au tribunal municipal une nouvelle fois trois mois plus tard. Puisqu'ils ne trouvaient pas le dossier, ils lui avaient dit d'attendre une prochaine convocation. Maintenant, non seulement attend-il de nouveau depuis près d'un an, mais il s'y est présenté de lui-même plusieurs fois sans que personne ne s'occupe de lui.

Depuis, il continue à aller ponctuellement à l'atelier, à assurer les gardes et les travaux bénévoles qu'il y a à faire, pour son propre bien et celui d'Eduardito. Mais il craint qu'un génie hargneux, aux yeux de torches enflammées, ne resurgisse de cette affaire classée et ne ruine tout. Si le marteau venait à frapper à nouveau, il pourrait être renvoyé derrière les barreaux. Rien ne le surprendrait après l'histoire qu'on lui a racontée sur un gars de Santiago. Ce dernier avait rêvé qu'il partait de Cuba dans un bateau avec sa famille et il l'avait raconté à des amis au parc Céspedes. Il fut arrêté la même semaine par des agents de la Sécurité de l'État pour tentative de sortie illégale du pays.

Tic-tac, tic-tac, tic-tac. Radio Reloj. Biiip. Six heures quatorze. Driiing, driiing. Selon la présentatrice, au cours de la décennie qui arrive à son terme, la comète Halley est revenue, on a ajouté une seconde à l'année du calendrier, on a éradiqué la variole, l'Espagne a légalisé le divorce, on a réalisé la première greffe de cœur artificiel et le projet génome humain a été lancé. Le monde avance d'un pas ferme vers un nouveau millénaire. Dans la vie d'Ángel, cependant, rien n'a l'air d'avoir changé. Et l'immobilité qui laisse tant de place aux souvenirs l'affecte certains jours plus que d'autres. Là, par exemple, même s'il devrait retourner aux funérailles de son collègue de travail alors qu'il attend que le lait arrive à ébullition et que le café coule, l'envie lui prend de ressortir du buffet le paquet de lettres qu'Emilia lui envoie depuis des années. Il commence par relire la plus récente, adressée à Eduardo et datée du 16 avril 1989, à Miami Beach.

> … J'ai entendu que tu te comportais de manière bornée, dernièrement, par rapport à cette idée de t'en aller. Papi se fait du souci, même s'il ne te le dit pas ou ne le montre pas. Et il a beaucoup de raisons de s'en faire. J'ai beau retourner le problème dans tous les sens, j'arrive toujours à la même conclusion : tu dois être patient pour ne pas faire de bêtises. Mais ne te décourage pas. J'ai parlé à deux amis qui pourraient t'inviter dans un pays tiers… Ici, les Cubains sont comme envoûtés en permanence par une capitale d'Amérique Latine qui, avant leur arrivée, était un marécage sans histoire. Ils se vantent d'être la seule minorité qui gagne autant que les *gringos*, la plus nombreuse, celle avec le plus de pouvoir politique, bla bla bla. Personne ne veut entendre parler des violences, de la corruption, du racisme, de la pauvreté, de l'ignorance ou de l'intolérance politique…

Ángel remet la lettre avec son enveloppe et en prend une autre, envoyée quasiment dix ans auparavant depuis La Petite Havane et avec les premières photos. C'est l'une de ses préférées. Il l'a dépliée, lue, relue et repliée tant de fois qu'elle commence à se déchirer.

> … Je n'ai plus d'insomnies. Les pensées désordonnées qui m'assaillaient au petit matin ont complètement disparu. Parfois, ce qui m'embête est de me réveiller ici, alors que, dans mon rêve, j'étais avec vous… J'essaie toujours d'oublier le passé et de me raccrocher au présent, au nouvel et éternel recommencement. Je m'efforce de rendre miens les coins de rues, les arbres, les visages dans les magasins…

Mafuco, le petit chien qu'Ángel a récupéré de la rue il y a quelques semaines, est sorti de sa caisse en carton, a couru vers lui en remuant la queue et lui piétine les chaussures et le bas du pantalon. Ángel se met debout pour fuir l'inactivité et ses propres pensées, mais ne tarde pas à se rasseoir après avoir éteint le feu et s'être servi du café. Pour un mois de mai, la chaleur lui paraît excessive. Il range par numéro les pages de la lettre, les plie et les remet avec soin dans leur enveloppe, avec les photos. Il cherche ses cigarettes dans sa poche de chemise et en allume une. Puis il se décontracte sur la chaise en observant les volutes de fumée qui envahissent la pièce.

Les mots d'Emilia l'ont fait réfléchir sur sa propre vie. Affligeante non seulement parce que le souffle de la jeunesse est parti, mais aussi parce qu'elle est restée coincée dans la désolation. Il ne se nourrit que de souvenirs alors qu'il lutte à l'aveugle pour survivre. Et là, pour couronner le tout, ces mêmes lettres qui, pendant neuf ans, lui ont servi d'agréable et secrète évasion, commencent à l'inquiéter. En particulier la plus récente. Au début, Emilia téléphonait presque chaque weekend et semblait satisfaite de son sort : elle avait trouvé du travail, elle avait accès aux livres qu'elle avait tant désiré lire à Cuba, Pepe donnait libre cours à ses préoccupations politiques sans avoir peur de terminer en prison et ils allaient bien en général. Cependant, depuis quelques temps, les appels se font moins fréquents et, dans les lettres, Ángel note un certain découragement.

Et puis, il y a Eduardo. La discrétion qui, au sein de la famille, enveloppe tout ce qui concerne Emilia fait que, souvent, Ángel doit cacher la vérité à son fils. Chaque lettre, photo ou appel des États-Unis a un potentiel purement radioactif qui, entre les mains du jeune homme, pourrait entraîner des effets dévastateurs. En tant que père, Ángel pense que c'est sa responsabilité de mettre des barrières pour éviter une telle catastrophe. Un mal nécessaire. Malheureusement, même si tous les signes provenant du Nord étaient incinérés, injectés dans la roche, congelés dans les calottes glaciaires, enterrés au fond de la mer ou mis en orbite, la dynamite à l'intérieur du garçon semblerait tout de même sur le point d'exploser. L'île paralyse, étrangle et Eduardito a l'air fatigué d'attendre qu'une solution émerge de ses dirigeants. Ángel comprend parfaitement son fils, mais il a peur de le perdre comme il a déjà perdu Emilia.

La lumière du soleil qui passe par la petite fenêtre grillagée illumine une partie du sol et la radio continue de donner l'heure avec la précision d'une horloge atomique. Biiip. Six heures vingt-cinq. Driiing, driiing. Ángel se redresse et parcourt des yeux la pièce exigüe du studio à mezzanine où il habite avec son fils. Il en a l'usufruit dans un bâtiment commun malodorant. Il y a la petite cuisinière à deux plaques sans four, le réfrigérateur, la télévision, trois cafards morts dans un coin, la table ordinaire, deux chaises tombées en désuétude, l'une empilée sur l'autre derrière la table, et plusieurs piles de livres posées sur le comptoir abimé par les termites. Le murmure des vers à bois qui rongent le toit et le sol de la mezzanine lui donnent l'impression que la pièce est en feu. Il a peint les murs plus larges que hauts de la mezzanine avec du lait de chaux il y a seulement deux ans, mais la crasse grignote déjà le blanc. Les voix de son fils rebelle et de sa fille exilée cohabitent avec les vestiges d'un passé révolu. Ils représentent le seul lien qu'Ángel a avec la vie et aujourd'hui ils exigent de lui qu'il agisse, qu'il fasse quelque chose pour la famille.

— Papa, t'as fait du café ? demande Eduardo depuis l'étage.

— Oui, et il y a du lait chaud si tu veux, répond Ángel tout en montant les escaliers. Que fais-tu debout à cette heure-ci ?

— Rien, je n'ai pas sommeil. De toute façon, il faut que je me lève tôt.

— Ce n'est pas aujourd'hui, ton examen ?

— C'est mercredi.

— Bien, écoute-moi une minute, il faut que je retourne à la veillée. Quand tu rentres de l'université, si tu peux, achète du pain et des œufs et va voir s'il y a eu un arrivage à la poissonnerie. Je pense rentrer avant la nuit, mais au cas où…

Dès que la porte se ferme, Eduardo se met debout et s'étire. Il descend lentement les escaliers en bois, se laisse tomber sur une chaise, étire ses jambes et déplace son regard des cafards jusqu'au pot de lait et à la cafetière, en évitant le long tube fluorescent qui grésille constamment au plafond.

*****

Le soleil revient pour tout chauffer, malgré les formes capricieuses en noir et gris qui menacent de voiler le ciel.

— Arrêtez votre cirque, certains membres de la famille arrivent.

Les rires alimentés par une blague de Migue se trouvent rapidement noyés dans le café et la fumée du petit groupe qui assiste à la veillée, au funérarium. Alonso mord sa cigarette et se trouve une place confortable sur la banquette, dos au comptoir de la cafétéria. Lors du service, avec sa grosse chaîne en or reluisant sur sa poitrine blanche et poilue, il parlera de l'attitude du défunt par rapport à la vie, à la famille et à ses collègues. Mais pour l'instant, il se limite à commenter à voix basse à côté d'Ángel que El Papa se portait bien, pourtant, qu'il avait une copine métisse formidable et que c'était vraiment la faute à pas de chance.

*****

Après avoir lu les objectifs de son cours, la professeure de linguistique commence à expliquer la relation entre la forme et le contenu. Elle passe ensuite à la forme du contenu et ensuite à celle de la forme elle-même. Vladimir, miraculeusement présent dans le bâtiment « Zapata et G » à sept heures trente du matin, interpelle Eduardo avec une grimace avide et lui indique les fesses de la professeure, qui tremblent alors qu'elle esquisse au tableau le cœur de la structure conceptuelle. Eduardo hoche la tête avec une moue similaire et repasse à la lecture du roman que lui a prêté Rafa. Quand la faim commence à s'imposer devant la satisfaction que lui procure la capacité du protagoniste à faire voler du verre en éclats, la cloche qui annonce cinq minutes de pause retentit.

En sortant de la classe, il aperçoit la métisse canon de première année près des escaliers, elle fume adossée au mur. Comme ce n'est qu'une courte pause, il décide de ne pas aller à la cafétéria mais de piquer une cigarette à l'intérieur pour pouvoir ressortir lui demander du feu.

*****

Entre les pierres tombales et les sépultures, les personnes qui connaissaient le défunt se dispersent dans le cimetière de Colón.

— Il n'avait pas l'air d'être un mauvais type, c'est vrai que c'était un usurier ? demande Marisa, la nouvelle dans les bureaux de l'atelier.

— C'est ce qu'on dit, pourquoi les gens mentiraient ? Parfois, moi aussi je lui empruntais de l'argent quand j'en avais besoin. Tu sais ce que c'est.

Les mots d'Ángel sont interrompus par le claquement de langue de la jeune femme.

— Dommage que je ne l'ai pas appris plus tôt, vu comme j'ai du mal à finir le mois. Ce cher Papa, paix à son âme, aurait pu me sortir du pétrin plus d'une fois.

Ángel ne sait que dire. Il se met à penser à la façon dont les passages étroits forment des zones qui s'associent pour former des quadrilatères plus grands qui, à leur tour, répètent plus ou moins le même schéma et créent ainsi quatre quartiers immenses, séparés par les deux avenues qui se croisent perpendiculairement à l'église.

— Si ça se trouve, il y a plus de monde dans ce « quartier gratte-ciel » que dans toute La Havane, dit Ángel.

— C'est le seul endroit à Cuba où l'on respecte encore la propriété privée. Les mausolées des familles et des sociétés sont toujours là, ajoute Pancho.

Le petit groupe a pris l'avenue qui conduit à la porte Nord, un passage avec des combinaisons élaborées de granite, de marbre de Carrare, de verre et de bronze. À côté d'un monument d'au moins vingt mètres de haut, Marisa propose au groupe le dernier ensemble de sous-vêtements importé qu'il lui reste à vendre. Ángel écoute sa voix suave et claire tout en examinant la forme de ses seins sous sa blouse blanche au col brodé. Ils n'ont pas été payés aujourd'hui. Si El Papa n'avait pas emménagé dans ses nouveaux quartiers, il aurait peut-être pu lui prêter cinquante pesos en attendant son salaire…

— Ah, Pablito me fait signe. On dirait qu'il a une place dans sa voiture. Personne ne veut de mes sous-vêtements, alors ?

Ángel se sent stupide, à hausser les épaules en levant sa main qui tient la cigarette pour saluer la jeune fille. Elle court vers une Plymouth 57 garée devant les arcs de l'énorme porche en pierre de l'entrée principale.

*****

La seconde partie du cours de linguistique se déroule avec une moitié de la classe endormie et l'autre sur le point de s'évanouir. La classe pratique de latin qui la suit et qui se transforme chaque semaine en un débat intellectuel divertissant est aujourd'hui consacrée aux perles de la traduction, telles que « mère nourricière » d'El Toro, la « récolte du jour » d'Ana et les « oiseaux de Caesar » qui « moururent d'une mauvaise santé » de Juan Carlos. Eduardo se demande s'il va survivre au cours de communisme scientifique, qu'un petit malin a rebaptisé

« science-fiction ». Sans bouger du banc du couloir, il observe ses camarades entrer dans la salle de classe. Lorsqu'il entend le professeur annoncer qu'il va continuer à parler du thème dix : « L'éducation communiste et le développement multilatéral de la personnalité », il décide, en honneur à Marx, de satisfaire avant tout son besoin le plus primaire : se mettre quelque chose de solide dans l'estomac. Comment ? En profitant du réfectoire non surveillé du bâtiment « F et 3ème », réservé aux étudiants des provinces locales.

*****

Migue porte une cigarette à sa bouche, prend une allumette, la gratte, mais décide de parler avant de l'allumer.

— Tu te souviens de Castillo ?

— Son visage me dit quelque chose, répond Ángel.

— J'ai travaillé q-quelques mois comme f-f-fraiseur à l'atelier de Lombillo et j-je me souviens de toi.

— Mais oui, c'est de là-bas que je te connais !

— T'avais une nana géniale entre les mains, tu ne l'as pas invitée à sortir ? demande cette fois Migue.

— Tu sais bien que c'est une petite aux goûts de luxe et que je suis à sec, en ce moment.

— Une autre fois, mon frère. Avec deux dollars en poche, tout peut changer.

Ce même nombre d'heures plus tard, Migue sera en train de vider le dernier quart d'une bouteille de gnôle dans trois verres en carton, sur l'un des bancs en marbre de La Piragua. Conscient de la terrible journée qu'ils ont tous passée, Castillo essaiera laborieusement de dire que s-s-samedi c-c-commence ici et maintenant. Avec le déclin du soleil, l'ombre de la bouteille s'allongera sur le marbre blanc et poussiéreux, et depuis l'Hotel Nacional, sur la colline devant la mer, leur parviendra une mélodie entraînante :

Bois d'un bateau qui a fait naufrage
Pierre qui roule sur elle-même
Âme douloureuse qui erre seule
Des plages, des vagues, me voici

*****

Il est six heures passées, Eduardo distribue des dominos sur un tableau de petites annonces de la Fédération Universitaire Étudiante qui repose, face au sol, sur les genoux des joueurs. Il est assis sur une caisse en bois et les autres sur trois couchettes inférieures, qui forment un « U ».

— Alors, demande Héctor à Roberto, avec un regard inquisiteur.

— Vas-y, commence.

— Un double, dit Héctor.

Eduardo place son domino à angle droit à côté du double-neuf du départ et observe Roberto en mettre un autre à la suite. À ce moment-là, El Flaco et Raúl débarquent avec une bouteille de rhum, impatients de remplacer l'équipe perdante. Adrián ne réfléchit pas à ce qu'il joue et la partie se déroule rapidement à l'étage vingt-deux, tandis que dehors tombe une pluie torrentielle.

Eduardo se demande si la jolie petite métisse a déjà fini d'étudier, cinq étages plus bas, alors que Raúl lui passe un verre de rhum. D'après ce que la jeune fille lui a dit pendant la pause, elle vient souvent réviser à « F et 3ème » avec ses amies. Il lui est même déjà arrivé de rester dormir parce qu'il était trop tard pour rentrer chez elle. Il n'avait pas été difficile de la convaincre que sortir était bon pour se changer les idées et consolider les connaissances. Elle lui a dit qu'elle le préviendrait quand elle aurait terminé, mais c'est une montagne bien trop séduisante pour qu'Eduardo attende qu'elle vienne à Mahomet. Mahomet devra descendre.

Le serpent de dominos a tellement grandi qu'il ne forme plus un « j » mais un « s ». Il reste deux pièces à Eduardo et la chance semble être avec lui.

— Un blanc, où tu le veux, mon petit ? demande-t-il à Roberto, qui ne sourcille pas devant la provocation.

Sans attendre de réponse, Eduardo tue le énième sept de Héctor et met le jeu à cinq. Il se lève sans quitter le plateau des yeux. Il recompte les cinq, en silence, et le seul qui n'a pas encore été joué est celui qu'il serre dans son poing.

— Je sors un moment faire quelque chose que personne ne peut faire pour moi. Continuez de jouer, je reviens tout de suite.

Il descend les cinq étages en courant, et la jeune fille qui a fini de réviser et qui discute avec ses amies lui promet qu'elle montera le retrouver. En gravissant les escaliers deux par deux, Eduardo rejoint l'étage où il a passé tant d'après-midis de sa licence de Lettres classiques, accompagné par les dominos et le rhum. Avant d'entrer dans la chambre, il décide d'aller aux toilettes, d'où il entend qu'on l'appelle : c'est à son tour de jouer et il y a une fille qui le cherche.

— J'y vais, la pluie s'est arrêté, l'intercepte-t-elle dans le couloir.

— Une minute, je reviens tout de suite.

Tout le monde le regarde, perplexe et impatient, mais il ne retourne pas s'asseoir, il reste sur le pas de la porte.

— J'ai bien peur que cette partie soit bouclée, déclare-t-il, faussement modeste, avant de lancer le cinq-deux sur le plateau.

— Mais c'est un massacre ! s'exclame El Flaco, depuis le haut d'un des lits superposés, en voyant les pièces retournées de Roberto et d'Héctor dont les points cumulés, ajoutés à ceux de ce tour, dépassent cent.

— Un gros, gros massacre ! lâche Adrián alors qu'il contemple, incrédule, toutes les pièces qu'il reste à l'équipe perdante.

— Le salaud !

— Il nous a baisé !

Adrián jette sa tête en arrière et se met à rire en mettant une tape fracassante sur le plateau.

— Et toi, pourquoi il te reste encore deux blancs ? T'as pas vu comme ils les ont utilisés pour me passer devant ? Ce coup-ci, tu m'as fini, mon frère, reproche Héctor à son partenaire. On ne t'a pas appris que les dominos étaient un jeu d'équipe, quand tu étais petit ?

— Moi, je t'ai fini ? Regardez un peu qui est en train de parler ! Celui qui était à la plage avant la partie ! Et là, tu dis qu'ils t'ont passé devant deux fois avec un blanc ?! Je sais pas en quelle langue tu réfléchis. Réfléchis ? Allô-ô !

— Ah, tu vas pas revenir là-dessus, mec ! Regarde tes pièces. Il te reste tout ça et tu me tues à chaque sept que je pose. Le sept, c'était mon truc et tu me l'as niqué ! Il fallait que tu le répètes au lieu de le tuer. Ne le prends pas mal, mais jouer comme ça, c'est débile.

— Débile… Hahaha ! ricane El Flaco en s'étouffant avec la gorgée de rhum qu'il vient de boire.

— Dit l'amnésique, qui fait…

— Amnésique, hahahahaha… intervient à présent Adrián, son hilarité lui provoquant une toux et des secousses.

Sur une autre couchette, Raúl donne des coups de poing au matelas et colle sa tête à l'oreiller. Les fous rires paraissent avoir gagné tout le monde dans le dortoir sauf l'équipe perdante. Eduardo en profite pour filer et prendre la jeune fille par la taille, qui attend sur le palier la bouche ouverte.

Deux étages plus bas, les éclats de rire leur parviennent encore.

*****

Ángel a traversé la moitié de l'Avenida del Malecón, la promenade de bord de mer. Dans un effort pour superposer une action logique aux capricieuses oscillations de son corps, il lance un regard intéressé au monument commémorant le cuirassé américain dont la mystérieuse explosion provoqua la guerre hispano-cubano-américaine. Il arrive à distinguer les chapiteaux sur les deux colonnes et, enfin, l'architrave sur lequel s'est une fois posé un aigle impérial.

Migue et le fraiseur se rapprochent, mais Ángel ne les attend pas. Avec son verre en carton à moitié rempli d'eau-de-vie, il traverse la deuxième partie de l'avenue jusqu'au trottoir de la promenade et se met à marcher en direction du Bureau des Intérêts des États-Unis et du parc Martí, le littoral à sa droite.

Il en profite pour discuter un instant avec lui-même. Ce n'est pas un type chanceux. Il doit travailler plus dur que les autres pour résoudre ses problèmes et il n'a pas un sou en poche. Migue fait toujours le fou mais en servant la dernière tournée de la deuxième bouteille, il a clairement dit qu'il n'avait plus d'argent. Il ne connaît pas assez bien Castillo pour qu'il lui en prête, même s'il a dit qu'il p-p-paierait aujourd'hui et qu'un d-d-des deux autres paierait demain. Mais de toute manière, pour quoi faire ? Eh bien, pour pouvoir déjeuner demain et acheter des cigarettes, pour inviter Marisa à sortir, pour faire un pari et tenter de retourner la situation, se répond-il avant de maudire El Papa, qui lui faisait toujours tout un foin pour lui prêter une misère. Un con, qui en réalité n'arrangea jamais rien pour personne.

— Hého ! Attend un peu ! lui crient-ils.

Il essaie de contrôler les grands pas qui l'emmènent vers l'avenue, regarde difficilement derrière lui sans ralentir et voit Migue et Castillo se retourner pour draguer deux métisses dont ils croisent le chemin.

— Alors, mes jolis bonbons, vous allez fondre, sous ce soleil. Pourquoi n'allez-vous pas à l'ombre ? leur susurre Migue sur un ton galant.

— Ces pantalons ne seraient pas capitalistes, par hasard ? Car ils tiennent les masses bien opprimées ! ajoute Castillo.

Après une brève pause, le fraiseur lève les mains à sa tête et termine :

— De toute manière, moi, j'adorerais être l'une de leurs petites culottes, je serais bien mis et bien calé, là-dedans ! Même si elles me tuent à coup de pets !

Déconcertées, les femmes font semblant de ne pas l'avoir entendu. Elles échangent un regard, épient les deux hommes du coin de l'œil et s'éloignent en exagérant leur démarche aguichante.

*****

L'étudiante et Eduardo laissent derrière eux le parc Martí et avancent en direction du Bureau des Intérêts des États-Unis et de l'Hotel Nacional. À leur gauche, les petites boules duveteuses à base plate et les fines bandes rosées du ciel se fondent avec la mer tranquille et les invitent à s'asseoir sur le mur de la promenade.

Eduardo émet l'opinion que les efforts pour apprendre aux étudiants à acquérir des connaissances par eux-mêmes sont insuffisants. En même temps, il tente d'embrasser du regard la blouse violette, la jupe en coton à carreaux verts et les chaussures en toile noire croisées avec grâce sur la large digue de béton, miraculeusement sèche après la forte averse. Bien que les yeux bruns de la jeune femme soulignent la raison pour laquelle les élèves ne sont pas motivés, son regard impudique provoque en Eduardo un fourmillement incontrôlable.

— Ce qui est clair, c'est que tout est bien, tout va bien, tout va le mieux possible, dit-il en secouant théâtralement la tête d'un côté et de l'autre, en allusion à l'un des livres qu'elle doit étudier pour son examen.

La jeune fille sourit sans s'écarter d'un millimètre et sans changer son regard. La brise marine revient balayer les cheveux longs et cuivrés sur ses joues teintées de la couleur suggestive qu'ont les mamey et cela accentue ses yeux mystérieux. Son odeur de femme parvient à Eduardo, en contrepoint de celle qu'a laissé la pluie.

— Tout est bien, tout va bien, tout va le mieux possible, répète-t-il, cette fois avec l'inflexion de voix qu'utilisent les mères avec leurs bébés.

Il y a quelques secondes, il n'avait pas osé donner un baiser volé même si l'occasion semblait parfaite. À présent, il se lance et touche avec les siennes les lèvres charnues qui lui répondent. Il se sent léviter pendant un instant avant de s'abandonner en chute libre à l'ivresse des caresses. L'après-midi s'écoule lentement.

*****

Ángel continue à lutter contre le balancement incontrôlable de ses jambes jusqu'à ce que son gobelet en carton fasse un bruit sourd dans sa main droite et que la gnôle lui mouille la poitrine. Dans la paume de sa main est en train de frire un œuf. Des étincelles surgissent entre sa tête et le béton rugueux du mur intrusif qui prend vie et lui arrive droit dessus.

Il se relève avec difficulté et voit le reflet orange qu'a laissé le soleil, à l'horizon. Il calcule qu'il est trop tard pour s'inviter chez Felo. En plus, il y est déjà allé hier. Que son frère aille se faire foutre, lui aussi ! Les avant-bras appuyés sur le béton armé, il observe les vagues remuer quelques bouts de bois entre les rochers. Le va-et-vient lui donne mal au cœur. Comment vomir par-dessus un mur d'un mètre de largeur ?

Et d'où vient de sortir Eduardo ? Que Dieu le bénisse !

La clé

Les voitures nord-américaines des années cinquante crachotent dans la rue San Lázaro ; là, des affiches commémorant les évènements historiques et encourageant à mourir ou à commettre d'autres sacrifices en lien avec le processus révolutionnaire font face aux gens agglutinés aux arrêts de bus. En tournant à droite à Aramburu, Eduardo s'avance dans un quartier d'agonie collective dont les caractéristiques lui sont très familières : une arche barricadée par-ci, une fenêtre condamnée par-là, des nids-de-poule dans la rue et des grilles en fer aux arabesques rouillées qui séparent les balcons sur le déclin.

Il est arrivé à destination après un trajet épuisant sous le soleil, mais le silence et la tranquillité l'indisposent au lieu de le calmer. Il se sent observé. Après un instant d'hésitation, il vainc sa timidité et entre dans le manoir sombre aux hauts plafonds, reconverti en bâtiment commun.

L'édifice, divisé en d'innombrables studios, a été abandonné à son propre sort. Au fond du vaste hall d'entrée, des hommes torse nu se déplacent en silence avec des seaux d'eau. Sur la droite, un serpent de fils électriques recouvert d'une couche de saleté l'accueille et le guide à l'étage par le large escalier de marbre blanc, qu'il monte en s'aidant de la rampe en fer.

En haut, ça sent les vêtements bouillis et le lys, et Eduardo entend jouer un boléro. Il reconnaît la voix d'Orlando Contreras grâce aux vieux vinyles que son père a encore. Il y a toujours quelqu'un pour oser mettre à plein volume la musique des chanteurs que les autorités détestent, commence-t-il à se dire, avant d'écarter instantanément ces idées car il sait pertinemment que, sur cette île, les évènements difficiles à expliquer se produisent tout le temps. Comme sa présence même dans cet endroit.

Il n'éprouve pas de difficulté à trouver la porte qu'on lui a décrite : la deuxième à droite, peinte en bleu. Au moment où ses doigts effleurent le petit heurtoir robuste sur la peinture décrépie, un des battants de la porte s'ouvre.

— Entre, entre, se dépêche de lui murmurer sa belle métisse, qui l'embrasse sur la bouche après avoir fermé puis verrouillé la porte. Tu veux un café ?

— Je veux bien.

— Tu n'aurais pas vu une vieille dame chinoise, en bas, par hasard ?

— Non, pourquoi ?

— Pour rien. C'est juste qu'ici les gens passent leur vie à se mêler de ce qui ne les regarde pas, à faire des commérages sur qui entre et qui sort et sur ce que l'on fait à chaque seconde de la journée.

« Qui entre et qui sort », qu'est-ce que cela a à voir avec lui ? Eduardo allume une cigarette, bien qu'il n'ait aperçu de cendrier nulle part. La jeune fille lui apporte son café dans un petit verre et lui indique qu'il pourra mettre ses cendres dedans. Eduardo s'assoit alors sur l'une des deux chaises autour de la table. De là, il peut voir une étagère en pin avec des caisses en carton empilées et des chaussures qui en débordent, une partie de l'escalier qui mène à une mezzanine en bois et un miroir qui a perdu la moitié de son tain, mais qui donne de la profondeur aux trois petits mètres par quatre de la pièce.

Le café n'est pas sucré, mais Eduardo le boit tout de même et revient à sa cigarette en observant la jeune femme retourner à la cuisinière de kérosène placée sur le minuscule plan de travail. Ses cheveux couleur miel ressortent sur sa chemise blanche et ample, qui a l'air d'être la seule chose qu'elle a sur le dos.

— Où est-ce que je peux vider ça ? demande Eduardo après avoir éteint son mégot dans la tasse.

— Ici, répond-elle, d'une voix chaude, en lui signalant un seau en plastique jaune sous l'évier.

— Où sont tes toilettes ?

— Elles sont communes et à l'extérieur, prévient-elle. Il faut descendre et aller jusqu'au fond. *Number one* ou *number two* ? Si c'est *number one* et que tu ne peux pas te retenir, prends ce seau.

La jeune fille la plus désirée de la fac lui indique à nouveau avec grâce le coin en dessous de l'évier sans siphon ou tuyau de renvoi.

— C'est pour me laver les mains. Je n'aime pas l'odeur que laisse la cigarette sur les doigts.

— Viens, lave-les ici.

Eduardo se met debout et fait quelques pas vers elle, la tasse avec les cendres à la main, en contemplant sa chevelure fauve et ses formes féminines sous son vêtement. La jeune fille, qui paraît parfaitement à l'aise avec ses regards insistants et le silence, se retourne et le prend à la ceinture. Il se retrouve soudainement sans la tasse, en train de caresser ses hanches, son buste et ses seins fermes sous le coton.

La chemise vole par-dessus ses cheveux. Les baisers et mordillements d'Eduardo papillonnent de sa bouche à ses joues, à son cou parfumé, à ses seins couleur cannelle et à ses tétons, comme des boutons de fleur, pointus et durs. Ses mains se remplissent de la rondeur de ses fesses lisses et fraîches et d'une jungle entremêlée et humide. Il s'agenouille, mais elle le prend par la main et l'emmène à la table avant de monter dessus, l'entraînant doucement par les épaules tout en abaissant son buste. Dans un ordre chaotique, Eduardo embrasse l'intérieur de ses cuisses, se débarrasse de son pull et d'une chaussure et sort une jambe de son pantalon. Elle se redresse, passe ses doigts dans les cheveux du jeune homme, l'embrasse doucement et le laisse tomber sur l'une des chaises en fer noir recouverte de vinyle rouge. Elle grimpe ensuite sur le siège en plaçant ses jambes de part et d'autre de ses cuisses. S'accrochant au dossier, elle commence à le chevaucher à un rythme exalté, sauvage, qui

atteint tout de suite une allure frénétique. Tellement
frénétique qu'Eduardo croit perdre légèrement la vue.

— Chut ! prononcent tout bas les lèvres légèrement
bombées, face à celles d'Eduardo.

Les deux demeurent immobiles dans un silence
inquiétant. Une clé s'est introduite dans la serrure de la
porte, mais ne peut pas ouvrir. La respiration courte et les
battements de leurs cœurs les empêchent de bien entendre.
Eduardo est surpris par un frisson interne suivi d'un spasme
et s'abandonne à l'orgasme, impuissant. La jeune fille
descend de son assise pour s'approcher de la porte sur la
pointe des pieds. Il admire ses longs cheveux répandus sur
ses épaules brunes. Un sillon fin traverse le milieu de son
dos jusqu'à sa taille, qui se courbe juste ce qu'il faut pour
révéler les hanches les plus sensuelles. Entre ses cuisses
galbées, un fil de semence s'étire vers le bas.

*****

Avant d'atteindre le palier des escaliers, Eduardo regarde
discrètement dans plusieurs directions et ne voit aucune
vieille dame chinoise. Il ne remarque rien d'étrange non plus
à l'étage du bas. Dès qu'il se trouve sur le trottoir, son
instinct de préservation lui fait presser le pas sans regarder
en arrière.

Après avoir passé quelques rues en descendant San
Lázaro, il vérifie qu'il n'est pas suivi. Juste au cas où, il
tourne à droite dans Soledad, à gauche à Ánimas, droite
puis gauche encore, et débouche sur Belascoaín, où il reçoit
de plein fouet la luminosité de l'après-midi, qu'il trouve
magnifique pour aller marcher et s'abandonner à l'oubli. Il
pourrait bien disparaître dans l'un des cinémas du quartier,
pense-t-il, en avançant vers Zanja, mais le Favorito et le
Cuatro Caminos sont les seuls qui restent. Il y a un ou deux
ans, on pouvait aller au Palace, au Wilson, à l'Eden, à
l'Oriente, à l'Astor, au Miami ou au Belascoaín. Autant

traverser ici et descendre par San Rafael, où il y aura le Duplex et le Rex. Ou plutôt, il y *aurait eu*. Que se passe-t-il avec les cinémas qui ferment leurs portes les uns après les autres, qui déclinent et qui finissent irrémédiablement par s'effondrer ? De la grosse centaine de salles qu'il avait l'habitude de voir sur les tableaux d'affichage, il doit en rester vingt tout au plus.

L'envie ne lui manque pas d'aller prendre un pichet de bière à six pesos au coin de la rue, mais il continue son chemin pendant encore un moment, jusqu'à Galiano, où il sent à sa gauche la présence de la mer. Les rayons de soleil inondent l'intersection où affluent des femmes qui vont et viennent, sûrement pour faire les boutiques, suppose-t-il, même s'il ne peut imaginer qui pourrait bien vouloir acheter les objets grossiers et inutiles des vitrines. Il a grandi en entendant les noms de boutiques telles que le Ten Cent de Galiano, El Encanto, Flogar, La Moda, La Época, Fin de Siglo, J. Vallés et El Bazar Inglés. Son père l'avait emmené dans beaucoup de ces magasins, quand il était petit, pour acheter des timbres, un gant de baseball, une chemise ou une paire de chaussures. Mais aujourd'hui, il serait incapable de dire combien de celles-ci sont encore ouvertes. Selon Eduardo, La Havane est un cimetière non seulement de cinémas, mais aussi de boutiques, de théâtres et d'usines. La capitale et l'île tout entière sont un cimetière d'espoirs.

L'important, à présent, est de se perdre dans l'océan de la foule qui circule dans toutes les directions sur le boulevard San Rafael, se dit-il en zigzaguant avec rapidité entre les Cubains toutes ethnies confondues et les touristes en casquettes et *sombreros*. Il traverse le parc Central, où une dizaine d'hommes discute de baseball autour d'un banc en marbre à l'ombre, et s'avance vers Obispo. Dans cette rue, il laisse derrière lui quelques librairies, une devanture moderne, une pharmacie et un bar ou deux. Il contourne ensuite la Plaza de Armas par la gauche, sur le pavage en bois, saute vers le palace du Segundo Cabo pour apprécier la fraîcheur du porche et s'enfile dans une petite rue sombre qui débouche sur l'Avenida del Puerto.

Sur les trottoirs et l'asphalte, les clients d'un bar lèvent leurs verres et profitent de la brise qui leur parvient du port. Au moment où Eduardo pose un pied sur le trottoir, une silhouette d'homme avec les mains derrière le dos s'approche de lui par la droite. Il tente de s'écarter de son chemin, mais reçoit immédiatement un coup sec à l'aine et se retrouve nez-à-nez avec l'assaillant typé asiatique. Le geste que fait Eduardo pour se protéger du couteau sanguinolent lui vaut de recevoir un nouveau coup de couteau près du poumon droit. La brûlure intense le tétanise. Ensuite, le fil de la lame lui entaille la joue droite. Les buveurs s'éloignent comme ils peuvent de l'agresseur, une ombre qui disparaît en direction de la baie.

Il n'a pas eu le temps de lutter ou de se défendre. Eduardo frémit et fait quelques pas maladroits en se tenant au mur, qui se tâche de sang. L'atmosphère horrifiée qui règne dans le bar le fait brièvement penser que ses blessures sont peut-être mortelles. Va-t-il finir irrémédiablement enterré dans cette ville sale, juste au moment où il lui reste tant à accomplir ? se demande-t-il en s'effondrant. Il n'a pas mal, plutôt une sensation soudaine de bien-être, de calme et de légèreté. Ses cavités internes font écho au choc de son dos contre le sol et ses yeux affichent aux curieux une expression de surprise dans un regard vide.

Parmi les spectateurs qui se sont rassemblés autour du corps allongé sur la route, on entend des cris d'horreur.

— Oh mon Dieu !

— Un coup de couteau, droit dans l'estomac !

— Arrêtez une voiture, putain, il va se vider de son sang !

Quelqu'un a stoppé une Lada 1600 avec une plaque d'immatriculation de l'État en se plantant devant elle sur Avenida del Puerto. Plusieurs hommes soulèvent le corps inerte d'Eduardo. Alors que son sang bouillonne, à droite de ses côtes, une succession rapide d'images et de songes lui parvient, le tout enveloppé d'une douce lumière, comme si le temps se dilatait ou que ses processus mentaux s'accéléraient. Alors, ses sens s'émoussent tout à fait et il ne fait que flotter dans un immense couloir grisâtre.

Dans l'hôpital chirurgical le plus proche, la silhouette pâle de Hilda lui assure avec amour qu'il est mort, alors que le personnel médical s'obstine à le ressusciter. Il voudrait rester en compagnie de sa mère, immergé dans cette dimension insolite. Mais, au milieu de son paisible abandon, il entend, tel un brutal bourdonnement métallique, des bribes de conversation : « pneumothorax », « hémorragie », « drainage ».

Navires dans la nuit

Il est dix heures et il a faim. Va-t-il parvenir à dormir ou est-ce que son estomac vide va le garder éveillé ? Sous son oreiller se trouvent Faulkner et Quiroga, et il saisit le deuxième. Provenant du poste radio de table Crosley datant de 1954 et qui est réglé sur la station américaine WGBS, à côté de lui, il entend The Alan Parsons Project. Son rétablissement lui paraît miraculeux, après seulement quarante jours, bien qu'il soit toujours en repos total.

Il a eu la chance qu'on s'occupe de lui dès son arrivée à l'hôpital. Ils l'ont examiné et envoyé immédiatement en salle d'opération, où ils ont pu mettre fin à la péritonite causée par le coup de couteau qui lui a traversé le colon. Dans les jours qui ont suivi, sa famille, ses amis, ses voisins et ses camarades de classe ont défilé dans la salle de réveil. Après deux semaines d'observation à l'hôpital, sous perfusion constante et avec des soins fréquents, on lui a donné l'autorisation médicale pour continuer le traitement chez lui.

Mais il en a marre, de tous ces visiteurs. Il pense que cela doit les flatter, qu'il leur prête une oreille attentive. C'est sûrement pour cela qu'ils restent aussi longtemps. Personne ne le croira, mais la chose qu'il désire le plus, tout de suite, c'est de retourner à l'université. Bientôt, s'il continue à se rétablir à ce rythme.

Il parcourt la mezzanine du regard. Le coffret d'une machine à écrire Underwood. Le climatiseur York qui sert de table de nuit. Une radio tourne-disque General Electric à trois vitesses, de type console, qui semble inutilisable mais qui est montée sur un meuble en bois noble. Sur le tourne-disque, un ventilateur soviétique en plastique qui, avec la radio Crosley, paraît être la seule chose qui fonctionne, même si ce n'est qu'à une seule de ses trois vitesses et avec une pale en aluminium qu'Ángel a confectionné.

Son père répare toutes ces babioles petit à petit et du mieux qu'il peut pour en récupérer quelques pesos. Il a même suspendu ses têtes d'ail là-haut au lieu de les mettre à la cuisine, pour que personne ne soit tenté. Quand il était apparu avec celles-ci dans la main, ses exacts mots avaient été : « On ne trouve plus d'ail nulle part, à La Havane ! » En ce moment, il est à l'étage du bas en train de regarder un discours de Fidel à la télévision. Depuis son lit simple dans la mezzanine, Eduardo l'entend protester et l'imagine en train de boire une gorgée l'alcool entre chaque commentaire désapprobateur. Il peut parfois percevoir le son d'un verre qui se pose sur la toile cirée ou le granit. Il a l'impression que, durant ces mois de convalescence, il n'a pas cohabité avec son père mais seulement coexisté. Cela lui laisse un mauvais goût dans la bouche. Son apparent manque d'affection en tant que fils le dérange, surtout alors qu'Ángel a arrêté de travailler pour se transformer en infirmier dévoué.

La voix de Barry Manilow émerge de la vieille Crosley. Il parle d'un amour confortable à distance et de deux navires qui passent dans la nuit. Eduardo lève les yeux vers les planches du plafond, qui reposent transversalement sur des poutres en bois espacées d'environ deux mains les unes des autres, elles-mêmes posées sur un panneau encastré dans le mur. La charpente dans son ensemble lui fait penser à un bateau, la coque à l'envers.

Beautés de garde

Aujourd'hui, « le responsable de la garde » devait être le professeur de latin, mais il a appelé pour dire qu'il ne viendrait pas car sa fille est malade. Eduardo s'est présenté à la « garnison » ; il vient de fermer de l'intérieur la porte principale du bâtiment et il se laisse tomber sur un banc en bois près de l'entrée, enveloppé dans le silence creux du matin, à l'endroit le plus fréquenté de la Faculté pendant la journée.

La garde étudiante obligatoire tombe sur lui environ tous les deux mois avec une rotation précise. Il sait que c'est l'une des petites actions qui contribuent à rendre Cuba un pays plus sûr et organisé, mais c'est quand même une épine dans le pied. Une parmi toutes celles qui jalonnent son existence. Combien de centaines de gardes aura-t-il fait dans sa vie ? Combien lui en reste-t-il ? Avant d'avoir terminé de se poser cette seconde question, une excitation étrange lui traverse le corps. Il se dit que c'est le silence qui lui joue des tours et il se met debout pour aller aux toilettes.

Il décide d'entrer dans celles des femmes, où le rose des carreaux se transmute immédiatement en une paire de seins, ceux de Míriam. Il n'a pas fini de les caresser qu'il est déjà en train de mordre les cuisses d'Elena, pour ensuite caresser les magnifiques fesses de la secrétaire. Emportés dans un tourbillon de plaisir, les visages de ces beautés rougissent, leurs lèvres se séparent et réclament les baisers d'Eduardo, qui se cambre de côté face au miroir. Sa cicatrice horizontale de cinq centimètres qui va jusqu'à la narine est orientée vers les portes entrouvertes. L'insondable professeure de sémiotique fond à chaque obscénité qu'il lui susurre. La Vietnamienne de première année hurle de plaisir et s'abandonne à une force indomptable. Ana, Cristina, la copine d'Esteban reçoivent toutes ses charges et la doyenne sophistiquée se voit généreusement comblée dans le creux de sa main.

Boca Ciega

En se rappelant l'incident de la veille dans le centre de La Havane, Ángel saute de sa chaise comme un ressort, couvert de sueur. Il pense un instant à la fête sur la plage à laquelle on l'a invité. Peut-être qu'il pourrait passer quelques jours hors de la ville pour calmer ses esprits et élaborer un plan pour disparaître pour de bon.

Il monte et se rafraîchit de l'extérieur avec un seau d'eau et un pichet.

De nouveau assis à table devant le *Granma* du samedi 6 août 1994, « 36ème année de la Révolution », il se rafraîchit de l'intérieur avec une petite bière achetée dans un bar clandestin. Il ne lui est pas difficile de trouver le programme spécial du weekend des deux chaînes de télé dans le quotidien du même nombre de pages : retransmission de l'évènement de soutien à la Révolution à La Punta, dénommé « Fidel pour toujours », la participation du Comandante à l'émission « Aujourd'hui », résumé des obsèques conduites Plaza de la Revolución et à Guantánamo pour le lieutenant assassiné lors du deuxième détournement de l'embarcation *Baraguá*, résumé des activités de Fidel pendant sa visite en Colombie, transmission des funérailles à Mariel et l'hommage posthume de la communauté du Camaguey en l'honneur du lieutenant du navire.

Bière en main, il ferme le journal. Sur la première de couverture, Fidel insiste : l'émigration massive qui va inévitablement se produire est entièrement la responsabilité des États-Unis.

De vieilles actions et de vieux mots qui tentent de justifier une situation qu'Ángel a déjà vécue lors des cycles précédents de la centrifugeuse. Ses pensées s'envolent vers l'histoire récente de la famille. Il ne se souvient plus de ce qu'il avait souhaité pour lui et ses enfants. Cela s'est perdu en cours de route, mais il ne veut pas se résigner. La priorité est de parvenir à ce qu'ils se réunissent tous les trois pour qu'ils puissent prendre soin les uns des autres, surtout maintenant qu'Emilia a divorcé. Elle doit traverser un moment difficile. Peut-être que ces nouvelles turbulences sur la côte sont l'occasion de quitter l'île une bonne fois pour toutes, avant que les forces ne commencent à lui manquer. Ce qui est bien, c'est que tout va de plus en plus mal, se dit-il en finissant sa bière et en se levant.

Tout en continuant à gamberger, il sert un bol d'eau fraîche à Mafuco près de l'escalier. S'il doit commencer à lâcher du lest, il croit avoir trouvé un refuge pour le petit chien chez l'enfant et la mère divorcée qui habitent dans le fond du bâtiment commun. L'autre jour, ils avaient l'air disposés à le prendre.

*****

Quatre couples bougent leur corps au rythme de la musique jouée par l'Orquestra Revé. Comme si cela faisait partie de la danse, un homme métis lance de violents coups de hanches contre l'entrejambe d'une fille d'une vingtaine d'années, à la peau très blanche et aux cheveux courts peroxydés.

— Je crois que tu lui plais bien, à la rondelette.

Le regard d'Ángel parcourt les murs de la salle, pleins de tâches d'humidité, pour venir se fixer sur le plafond écaillé du porche. Il ne répond pas tout de suite à ce que dit Migue.

— Elle t'a dit quelque chose ? articule-t-il, après un délai fatigué.

— Non, elle n'a pas besoin de le faire. Attention, elle arrive.

À peine arrivée vers le sofa en osier délabré, la femme s'assoit à l'extrémité en lançant à Ángel un « Bouge un peu par-là. »

— J'sais pas c'qu'il lui prend, à celle-là, continue-t-elle tout de suite, faisant un signe de tête vers la fille aux cheveux décolorés. Cette dernière vient de se pendre au cou du métis et, son buste fermement collé à celui de l'homme, elle lève ses pieds du sol en souriant.

— Elle en a, hein mon pote ! articule Migue d'un ton malicieux en offrant une cigarette à son ami.

Ángel l'allume et voit s'approcher la cousine de Migue qui vit à Miami, la trentaine, svelte, la peau dorée et les cheveux teints en noir. Elle vient s'assoir sur l'accoudoir du canapé pour se pencher vers la « rondelette » et lui crier à l'oreille.

— J'ai dit à Carmen en plaisantant que j'avais couché avec la moitié des hommes ici, alors elle m'a répondu qu'elle allait tous se les taper aujourd'hui !

— Mais qu'est-ce qu'il lui prend ?

— Entre nous, elle est sous amphétamines.

La cousine de Migue se tourne vers Ángel. À peine a-t-elle le temps de lui demander s'il veut danser qu'elle se voit obligée de lui laisser son grand verre en zinc car un maigrichon efféminé la tire par les mains pour l'emmener sur la piste.

Ángel place le verre par terre, entre ses pieds, et boit une gorgée de vin rouge de son propre verre ébréché en émail bleuté. Il cherche alors le regard aguicheur de la fameuse

Carmen, qui pendant sa danse a lancé quelques regards intéressés vers le canapé. La musique s'arrête et on entend dire qu'elle est entrée dans une des chambres avec le métis.

Alors que les commérages et les sourires complices gagnent toute la maison, Ángel regarde la cousine de Migue qui va s'assoir sur le muret entre le porche et le jardin. Elle joue avec un paquet de cigarettes et croise une cuisse nue sur l'autre. Elle ressemble de manière surprenante à Mireya : les mêmes longues jambes bien faites, des petits seins et des lèvres mystérieusement sensuelles. S'il parvient à croiser son regard, Ángel compte lever les sourcils et faire une mine voulant signifier qu'il est désolé qu'elle doive s'occuper de tout : c'est elle qui a loué cette maison sur la plage et qui a acheté en dollars tout ce qui est en train d'être mangé et bu. Ainsi, une complicité agréable pourrait s'instaurer entre les deux. Dommage que ses cuisses se soient mises dans une posture moins révélatrice. Enfin, ce n'est pas la fin du monde, se console-t-il avant de boire une longue gorgée de vin et de remettre le verre en émail, dans lequel il reste un fond, à sa place au sol.

La musique reprend avec une chanson des Van Van à la mode. Plusieurs couples forment une ronde et commencent à enchaîner simultanément les mêmes mouvements de danse. Les pas de salsa « ruedas de casino » sont pour Ángel un monde à part qu'il n'a jamais compris. La succession des pas lui paraît simple, mais les tours agiles des danseurs, lorsqu'ils se déplacent d'un endroit à l'autre, lui donnent le tournis rien qu'à les regarder. L'un d'eux crie : « mensonge » et ils refont le dernier pas à l'envers comme on rembobinerait un film ; puis il dit : « double » et ils répètent le mouvement. Ángel s'émerveille du fait que ces gens qui ne se connaissent probablement pas arrivent à s'entendre parfaitement à travers l'art et la grâce de la danse.

Il se sent un peu groggy à cause du mélange de boissons, de la faim et des pirouettes compliquées que les bras font et défont, sous les arches, à une vitesse vertigineuse. Il est rappelé à la sobriété par la frappe dans les mains collective que les danseurs accompagnent d'un pas ferme en avant, à la suite de la commande « tuer le cafard ». Il voit alors entrer par la porte principale trois adolescents avec deux jeunes filles au maquillage bigarré. Le quintet est invité à la cuisine pour se servir à boire, juste au moment où Carmen repasse dans la pièce, la tête haute et une cigarette à la bouche. Passant la main dans ses cheveux, elle salue affectueusement les nouveaux venus et attrape le blond corpulent du groupe par la ceinture tandis que le métis quitte la chambre, son afro sens dessus dessous.

— Regardez, il est en train de vous passer devant ! hurle la rondelette pour attirer l'attention de deux jeunes hommes sur Carmen et le blond qui se dirigent vers la chambre en se tenant la main.

Ángel sort sous le porche et voit Migue qui marche lentement dans l'herbe, un verre à la main. La nuit étoilée et la brise fraîche créent une atmosphère plus propice à discuter et à boire un coup avec un ami qu'à se torturer avec la chaleur, la musique à plein volume et les excès de jeunes écervelés.

— T'as pas eu de problème pour trouver la maison ? lui demande Migue.

— Non. Les instructions que tu m'as données étaient claires.

— Eh bien moi, mon vieux, j'ai raté l'arrêt et j'ai dû marcher des kilomètres. Presque depuis Guanabo. Mais bon, on est là. C'est pas tous les jours qu'on peut profiter d'une maison sur la plage, hein ?

— Ça, c'est vrai. Il y a une heure, j'étais en train de cuire à La Havane, et regarde comme il fait frais ici. C'est super.

— En parlant de La Havane, t'as pas entendu que ça commençait à chauffer ? Hier, dans le centre, des gens sont sortis dans la rue.

— Putain, je t'ai pas encore raconté ! Hier, par hasard, je suis passé par La Punta quand tout était en train de se dérouler.

— Quoi, par exemple, qu'est-ce que t'as vu ?

— Qu'est-ce que j'ai vu ? D'abord plein de gamins et d'autres moins gamins, à vélo et à pied. Ils sautaient de tous les côtés en criant : « Liberté ! », « Liberté ! », « À bas Fidel ! » Les voitures qui passaient par la promenade les soutenaient en klaxonnant. Les joues d'Ángel commencent à rougir. Et là, des camions sont arrivés avec des types très baraqués. Ils sont descendus et ont commencé à mettre une raclée à tout le monde. Les gens ne se sont pas démontés, ils leur criaient « Vendus ! » et leur jetaient des pierres. Apparemment, les choses se sont gâtées aussi au parc Maceo, on dit que les véhicules BTR blindés ont dû disperser la foule avec des jets d'eau et qu'il y avait un canon anti-aérien braqué sur les balcons. Imagine comment se sont sentis les habitants des immeubles, avec des militaires qui visaient leurs appartements.

— Et toi, t'as fait quoi ?

— Mon pote, je peux pas dire que je me suis battu avec la police, mais j'ai crié avec les autres et j'ai poussé un conteneur poubelle devant l'hôtel Deauville pour bloquer le passage à ceux qui persécutaient les jeunes. Ángel reprend son souffle avant de continuer. Ensuite, j'ai pris le numéro 20 pour aller terminer un petit job que j'avais laissé en plan. Mais le groupe a continué jusqu'au centre de La Havane et a détruit je ne sais combien de vitrines de « magasins à un dollar » qui se trouvaient sur son chemin.

— Ça devait être incroyable ! s'exclame Migue. Le fils d'un voisin s'est fait interpeler et mettre dans un poste de police à Jaimanitas parce que ceux du centre et de La Vieille Havane étaient pleins à craquer.

La veille, vers midi, quand Ángel a dû interrompre la réparation d'une pompe à eau à Vedado pour aller chercher un porte-filière, il a remarqué plusieurs dizaines d'hommes en train de s'organiser en blocs compacts dans le parc de « 25 et C ». Des types costauds, comme ceux qu'il allait voir ensuite sur la promenade. Ils portaient des pullovers blancs avec le logo rouge de la brigade de construction de Blas Roca Calderío. Ils avaient des bâtons et des barres en fer dans les mains. Il parle de l'anecdote à Migue, qui l'écoute attentivement, et ajoute :

— Les choses doivent vraiment mal aller, si le *Granma* n'essaie même plus de les camoufler.

Ángel sait bien de quoi il parle. Il suit les évènements dans la presse, dans les discussions de rue et en personne. L'incident le plus alarmant s'est produit le 13 juillet au matin, quand presque soixante-dix personnes ont sorti un vieux remorqueur du port de La Havane dans le but de s'échapper. Le remorqueur a été pris en chasse, percuté et attaqué par les canons à eau de trois autres embarcations. Il a coulé à moins de seize kilomètres de la côte. Résultat : trente-sept morts, dont dix enfants. Le 26 juillet, date des célébrations officielles, un autre groupe s'est emparé du bateau-navette *Baraguá* dans la baie de La Havane. Quelques jours plus tard, il s'est produit un détournement similaire, cette fois de la navette *La Coubre* qui réalisait sa traversée habituelle avec plus de quatre-vingts personnes à bord. Ensuite, on s'est emparé à nouveau du bateau *Baraguá* et c'est là qu'est mort le fameux lieutenant. Les autorités ont capturé les ravisseurs qui sont tombés en panne d'essence. Le gouvernement a renforcé la vigilance au Muelle de Luz, a changé les arrêts de bus qui passent par l'Avenida del Puerto et ont suspendu le transport de passagers dans la baie. Des centaines de Havanais pullulaient à toute heure dans la zone et, comme Ángel vient de le dire à Migue, hier, ils s'en sont pris aux vitrines des magasins.

— Mais je t'ai toujours pas dit le pire.

— Hein, c'est pas tout ?

— Écoute ça, revient à la charge Ángel. Ce matin, j'allume ma télévision et devine ce que je vois. Pire encore, *qui* je vois. Moi-même ! En train de pousser le conteneur ! J'ai le sentiment qu'ils vont me pulvériser si je rentre au quartier. Si seulement je pouvais dormir ici ce soir, même si c'est sur le toit… Ou bien sur une chaise de maître-nageur ou carrément sur le sable. Même si je me fais dévorer par les moustiques.

— J'te comprends, mec.

— Ce que je voudrais, là, tout de suite, c'est partir en fumée. Mais je me fais encore plus de soucis pour Eduardito. Je sais qu'il va finir par grimper sur un radeau avec des tordus au moment où je m'y attendrai le moins. J'y pense tellement que j'en dors plus. Je te jure que je donnerais tout pour pouvoir l'emmener loin du pays. Peu importe comment. Sinon, il va foncer sans réfléchir.

— Je te comprends parfaitement. Alors écoute-moi. En réfléchissant bien à tout ça, puisque tu as été franc avec moi et que les amis doivent pouvoir se parler de ces choses-là, c'est à mon tour. Il y a une opportunité que je suis en train de considérer, mais pour laquelle je n'ai pas assez d'argent.

— Et quelle est cette opportunité, si tu peux m'en parler ?

— Il faut que ça reste entre toi et moi.

— Bien sûr.

— Tu te rappelles, le jour où on a enterré El Papa, on est allé boire un coup sur la promenade avec Castillo ?

— Comment pourrais-je l'oublier ?

— Je ne sais pas si tu le sais, mais il habite à Santa Fe et il a un bateau de pêcheur.

— Non, je ne savais pas.

— Eh bien, quand tu es parti tout seul, ce jour-là, il m'a dit qu'il voulait vendre le bateau pour cinq mille dollars, payables directement à lui ou à sa sœur à Barcelone, qui a fait une demande de réunification et qui veut le faire venir en Espagne. En gros, si ton gosse et toi mettez trois mille cinq cents pour vous deux, je peux payer les mille cinq cents restants et on se casse les trois sur le petit bateau, qui est très bien entretenu. Ce genre d'opportunité n'arrive qu'une fois dans la vie, mon frère. Eduardo est remis de son opération, non ?

— Complètement, oui, Dieu merci. Mais, Migue, d'où est-ce que je peux sortir ces dollars alors que j'ai même pas de quoi manger ?

— Oublie l'argent une minute et dis-moi ce que tu penses de ce plan. Dis-le-moi franchement. Les sous, disons qu'Emilia pourrait s'en occuper. Si elle veut vous faire sortir, elle remuera ciel et terre pour les trouver. Vous pourrez lui rendre plus tard, quand vous commencerez à travailler.

— À vrai dire, tel que tu le décris, ça m'a l'air parfait. Mais je ne sais pas si Emilita pourra trouver autant d'argent. Il faut aussi que je discute avec Eduardito, de père à fils, ou d'homme à homme.

— Tranquille, mon frère. Fais ce que tu as à faire et on en reparle le weekend prochain. Mais tu vois, peu importe comment tu veux l'appeler, mais le hasard ou la main de Dieu a voulu que ma cousine soit là, en ce moment. On peut lui faire une confiance totale et elle retourne bientôt à Miami. Elle peut aller parler directement à Emilia, face à face. La seule chose à faire, c'est que ta fille passe l'argent à la sœur de Castillo et on peut traverser l'océan. Avec un bateau correct et pas un foutu radeau !

— Il faut que tu me présentes à ta cousine.

— Aucun problème, le rassure Migue en l'emmenant au milieu de la rue déserte. Dans les jours qui viennent, je vais aller fouiner pour trouver de l'essence et d'autres choses dont on pourrait avoir besoin. Nous trois et personne d'autre, OK ? Mec, je ferais même pas confiance à mon ombre avec un truc pareil, mais t'es mon frère, ne me laisse pas tomber. Marché conclu ?

— Marché conclu.

— Et « cet objectif a dû se réaliser en silence », OK ?

— « Car il y a des choses qui, pour être menées à bien, doivent rester cachées. Si l'on proclamait au grand jour ce qu'elles sont réellement, elles soulèveraient des difficultés trop grandes pour leur réalisation future », ajoute Ángel, terminant la citation de Martí avec orgueil.

— C'est ça.

Ils se serrent la main pour sceller le pacte.

— Et on est partis ! ajoute Migue, sur un ton de maître d'école. Il a une lueur d'enthousiasme dans les yeux et le visage levé vers la voûte céleste. Ce sont les étoiles qui nous guideront la nuit, mais nous devons d'abord trouver une constellation facile à localiser, comme la Grande Ourse. Tu vois une forme de charrue ou de casserole, dans le ciel ?

— C'est celle-ci, non ?

— Exactement. Regarde, maintenant que le ciel est clair. Si tu traces une ligne imaginaire entre les deux étoiles les plus brillantes du devant de la casserole et que tu l'agrandis cinq fois, tu tombes sur l'étoile polaire. C'est celle-là qu'on doit repérer, si on ne peut pas se procurer de boussole. Ton verre est vide ? Rentrons.

À l'instant où les deux hommes retournent dans la salle, une porte intérieure s'ouvre et en sort une Carmen qui se pavane en petite tenue. Elle a une cigarette non-allumée dans la main gauche et a enfilé ses chaussures comme des savates. Elle paraît de plus en plus translucide aux yeux d'Ángel : sa peau laisse apercevoir des veines vertes sur ses bras et sur ses jambes. La jeune fille s'arrête un instant devant deux garçons à la peau foncée en train de discuter dans un coin. Elle échange quelques phrases avec eux avant de continuer vers la cuisine. De retour, avec le sourire et la cigarette allumée entre les lèvres, elle met ses bras autour de leurs tailles et les entraîne jusqu'à la chambre, la porte couleur vert bouteille claquant derrière eux.

Les yeux trempés par l'ivresse, Ángel calcule que la pâlichonne a dû coucher avec quatre hommes en moins d'une heure. Ensuite, il s'arrête pour réfléchir à la vitesse à laquelle lui-même a cédé à la proposition de Migue. Il ne pense pas que ce soit malhonnête. Son ami veut simplement résoudre ses propres problèmes. Et Ángel est conscient du fait qu'il ne pourrait pas trouver meilleur compagnon de traversée dans l'île tout entière. En plus de savoir naviguer, Migue est discret, intelligent et agit selon un code d'honneur qui est bien peu commun, par les temps qui courent.

— Qui d'autre ? Toi ? Non, tu y es déjà allé. Toi aussi.

L'homme aux manières efféminées s'amuse à organiser une queue. Ángel se rappelle que, s'il doit retourner à La Havane ce soir, il doit partir avant que les bus n'arrêtent le service. Mais il est décidé à rester à Boca Ciega, au moins pour cette nuit. Et, s'il le peut, tout le weekend. Dommage qu'il ne puisse pas partir avec le bateau de Castillo directement depuis ici.

— Et toi ?

Migue se met dans la file et, pour éviter les histoires, Ángel convient de le suivre, si la machine à forniquer l'a décidé ainsi. Comment se fait-il que tous ces types respirant la jeunesse ressortent de la chambre l'air vaincus, serrent quelques mains en souriant et s'exclament « waou », « trop bien » et « ouf ! » avec une banalité stupéfiante ? La dernière chose qui lui viendrait à l'esprit, en ce moment, serait d'aller manger dans la même gamelle que tous les autres. Mais est-ce que c'est lui, à cinquante-quatre ans, qui doit venir leur clouer le bec avec une performance exemplaire – et en prime écoper d'un toit et d'un lit ? Le roi du mambo sera-t-il à la hauteur des circonstances, à son âge, avec la faim au ventre et la tête qui tourne ?

Quelques minutes plus tard, après avoir vu Migue entrer dans la chambre, Ángel retourne sous le porche, lance un autre mégot sur la route et se demande si Emilita est déjà allée à des soirées comme celle-ci, dans sa jeunesse ou au début de sa carrière prometteuse de professeure. C'est une femme mariée, maintenant – et divorcée, se corrige-t-il, mais va-t-on savoir. Avec quelle persévérance Hilda s'était engagée à lui enseigner toutes ces choses ! Et quelle belle fantaisie s'était alors déversée sur tant de sacrifices ! Les bonnes amies qu'elles auraient pu devenir ! Il tente d'imaginer comment sa vie aurait changé s'il n'était pas parti pendant Mariel avec Mireya, mais pendant Camarioca, en 65, quand sa belle-sœur était venue les chercher. Hilda avait alors donné la réponse qu'elle pensait la plus appropriée : elle savait qu'elle était condamnée par ce maudit cancer du poumon et ne voulait pas être un poids pour sa sœur. Les médecins avaient foi en un traitement avec un anticorps qui allait directement à la tumeur. Cependant, en posant les yeux sur la malade cadavérique avec la tête rasée et tous ces tubes, Ángel n'avait pas pu reconnaître la femme de quelques mois auparavant. Sous calmants, mais toujours consciente, la pauvre femme n'avait pas échappé à un seul détail de sa propre agonie. Jusqu'à ce qu'elle ne reconnaisse plus ses enfants, commence à crier des insultes, déchire ses vêtements et arrache sa perfusion ou son tube d'oxygène. Peut-être pour le bien de tout le monde, ses organes avaient commencé à lâcher les uns après les autres, un même jour, et son corps s'était complètement arrêté après un dernier râle.

— Pssst.

La musique s'est arrêtée et tous les yeux sont braqués sur Ángel, qui descend les marches instinctivement, vers l'herbe.

— Tu vas où ? crie la rondelette.

— Je reviens tout de suite. Je vais faire un tour, répond-il avec difficulté.

— Pssst.

Ángel décide d'accélérer le pas et, en entendant quelqu'un faire de même derrière lui, il se met à courir.

Confidences

Ángel coupe le bout d'un cigare Reloba avec l'ongle du pouce et finit de l'épointer avec les dents. Il l'examine un instant, le porte à sa bouche, le mordille et l'approche perpendiculairement à la flamme d'une allumette. Il n'est pas suffisamment embrasé, c'est pourquoi Ángel souffle dessus avec douceur et fait rouler le cylindre entre ses doigts jusqu'à ce que la braise brille uniformément sur toute l'extrémité circulaire. Pour son tour de garde du Comité de Défense de la Révolution, en plus du Reloba et du paquet d'allumettes format familial, il a apporté un pichet en aluminium avec le contenu de toute une cafetière. Son fils se contente d'un livre et de la radio portable Meridian.

— À peine commencé l'autre travail au musée qu'ils me mettent déjà de garde. Et qu'est-ce que je fais dimanche ? Devine. Voici comment s'échappent ma vie et ma jeunesse.

Ángel veut aller dans « la zone », le local où l'on signe le registre de fin de garde, pour y marquer son nom et aller dormir. Mais pour l'instant, il retient la fumée de sa dernière bouffée et écoute Eduardo déverser sa frustration et son désenchantement envers le monde entier. La cendre du cigare, longue et ferme jusqu'à maintenant, vient de tomber sous son propre poids. Ángel tire dessus une ou deux fois, mais il s'est éteint. Il le secoue, enlève la cendre restante avec son ongle et le rallume.

— T'es pas venu de Caibarién à La Havane pour pouvoir progresser ? Comment est-ce que je peux économiser en tant qu'« analyste en appréciation cinématographique », pour acheter une maison et fonder une famille ? Même si je mettais le nez dans des activités douteuses et que je roulais sur les dollars, ils continueraient à m'éteindre la lumière la nuit et à me donner un bout de pain par jour, sans beurre, sans lait.

À ce moment, on entend la voix profonde du présentateur radio, comme un coup de tonnerre provenant du récepteur radio soviétique : « *Fifty thousand watts of music power… K, double-A, Y… Little Rock.* »

— Baisse un peu le volume, intervient Ángel. L'autre folle à la vigie pourrait nous écouter par les stores. Viens, on change de campement.

Père et fils se lèvent pour aller s'assoir sur les marches de la *bodega*, loin de là où on pourrait les entendre ; loin de « l'armée fantôme des mouchards ambitieux », comme vient de les appeler Eduardo, qui reprend sa diatribe :

— C'est sûr que cette folle n'y penserait pas à deux fois avant de donner une mauvaise image de nous pour gagner quelques points et se dégoter une maison dans un meilleur quartier, la scélérate.

Ángel hoche la tête. Le goût du cigare est de plus en plus amer et tranchant à mesure qu'il consume son dernier quart. Fumer est l'un des seuls plaisirs qui lui reste dans cette vie, pense-t-il en faisant tourner la fin du cigare dans sa main.

— Voici ce qu'a réussi à faire le système, avec le temps : mettre tout le monde à dos. Et tout le monde, c'est toi et moi, qui pourrions être soupçonnés parce qu'on n'applaudit pas assez fort, parce qu'on a raté une réunion ou pour quelque commentaire ou blague critique.

L'adolescent fait une brusque pause et regarde son père quelques secondes.

— Laisse-moi fumer quelques taffes.

— Non, ça fait du mal. Laisse ça aux vieux. En plus, il ne reste qu'un petit bout plein de salive.

— Je m'en fiche. Tout ce que j'aime est immoral, illégal ou va à l'encontre des principes de la Révolution. Passe-le-moi un peu.

Ángel acquiesce. Dès qu'Eduardo prend la première bouffée du cigare, il le retire de sa bouche et lui donne des petits coups avec son index.

— Il n'y a pas besoin de le tapoter constamment comme une cigarette pour que la cendre tombe. Elle va tomber toute seule. S'il s'éteint, alors oui, il faut enlever toute la cendre pour le rallumer plus facilement.

*****

Eduardo prend une deuxième bouffée et repasse le cigare à Ángel. Il a fini de se plaindre. Il est prêt à agir. Il n'a rien à perdre, sinon ses chaînes. Tout doit changer, comme l'univers en éternelle transformation. Impermanence. Dans le calme de la matinée, il apprécie que les idées et les mots de Marx, d'Engels et même de Bouddha lui viennent à l'esprit avec facilité. En vérité, il a l'impression d'être un héros sur le point de se lancer dans une quête mythologique, lors de laquelle il abandonnerait le monde connu pour se mesurer à des forces fabuleuses. Il sait qu'il ne ferait pas cet exploit pour rentrer victorieux et sauver ses compatriotes mais plutôt pour obtenir un billet simple vers son accomplissement personnel. Cela ne le dérange pas de devoir s'élever jusqu'aux cieux pour acquérir un modeste feu dans la cheminée pour le restant de ses jours. Il se contentera d'être passé entre les cailloux du communisme et d'avoir arraché un poil au moins à la toison du « Nord brutal et déchiré ».

*****

— Une chose est sûre : je dois partir de ce pays. Mais je ne veux pas te laisser tout seul, lâche Eduardo à son père, dans un murmure.

— Doucement, fiston. Pas besoin de désespérer. Tu veux voir comme le hasard fait bien les choses ? Tu te souviens de Migue ?

— Comment pourrais-je l'oublier ? S'il ne m'avait pas prêté les sous pour ta caution, tu serais peut-être encore enfermé à « 100 et Aldabó ».

— Parle plus bas, les murs ont des oreilles, ici. Eh bien, il s'avère qu'une de ses connaissances cherche à vendre un petit bateau de pêcheur…

Les yeux d'Eduardo s'agrandissent comme des soucoupes en entendant le mot « bateau ».

— Et ça nous concerne en quoi ?

— Si tu es tellement désespéré…

Ángel ne termine pas sa phrase et jette un œil à ce qui reste du Reloba, qui menace de s'éteindre à nouveau. Il ne veut plus en fumer, mais il ne va pas non plus l'écraser sur le trottoir. Qu'il ait la mort digne qu'il mérite, après l'avoir gratifié d'une si plaisante compagnie. Il l'éteint en lui donnant quelques petits coups avec son majeur et le laisse reposer dans la rainure d'évacuation d'eau, sous la porte métallique de la *bodega*. C'est lui qui, à présent, regarde fixement son fils.

— Rentrons à la maison, je te raconte là-bas.

C'est officiel

Si les États-Unis ne prennent pas de mesures rapides et efficaces pour cesser l'incitation aux départs illégaux du pays, nous nous verrons dans l'obligation d'ordonner à nos gardes-frontière de ne plus entraver aucune embarcation qui cherche à quitter Cuba. (Fidel Castro Ruz, télévision cubaine, le 5 août 1994)

L'heure de ramer

La nuit tombe sur le samedi 13 août 1994 et la côte nord de l'île paraît accueillir avec une complaisance prometteuse quiconque voudrait s'y aventurer. À Cayo Guajaba, dans l'Est, onze personnes dont deux mineurs viennent de se mettre à l'eau. À Carbonera, dix ; à Santa Cruz del Norte, six ; et douze à Bahía de Guadania, quasiment à l'extrême occidental de l'île.

Dans le quartier de Santa Fe de La Havane, il ne reste plus aucune trace du déluge d'il y a à peine une demi-heure. La marée remonte et reviennent avec elle les familles et amis qui ont été faire leurs adieux en s'aventurant jusqu'à un îlot, à une centaine de mètres de la côte, lors de de la seconde marée descendante de la journée. L'une des embarcations est constituée de quatre chambres à air entourant un réservoir métallique fermé, avec une toile de camion militaire en guise de toit. Une autre est en polystyrène, avec une armature et une plateforme en bois. Parmi les artefacts flottants de ces réfugiés de la mer, il y a également un toit de tracteur monté sur des tubes d'irrigation et deux chambres à air spartiates attachées à une palette avec des draps.

Sous les nuages aux motifs splendides, nacrés par la lumière rousse du soleil à l'horizon, Ángel et Eduardo avancent lentement sur le sable jusqu'à l'endroit où Castillo garde son bateau de pêche. Ils l'ont approvisionné de vivres pour le nombre de jours que pourrait durer la traversée et de deux machettes qu'ils utiliseront en cas d'abordages indésirables. Ángel marche devant, avec un pantalon clair et un pullover en synthétique imprimé aux motifs couleur terre et vin. Eduardo le suit en bermuda, sandales artisanales et chemise en toile blanche à manches longues. Ils observent subrepticement des gens de tout âge qui se dirigent vers leurs improvisations navales et qui commencent à voguer, euphoriques, comme s'ils commençaient un jeu. Il y a ceux qui luttent pour grimper sur un radeau, au milieu du brouhaha, et aussi ceux qui les en empêchent. Certains sont applaudis pour leur savoir-faire. D'autres sont hués car ils tournent en rond sur eux-mêmes. Les uns pleurent, les autres crient, et d'autres encore observent le spectacle avec curiosité. Les blagues ne manquent pas et le rhum non plus, et quelques femmes sur la fine bande de sable se mettent à chanter :

C'est l'heure de ramer, ramer,
C'est l'heure de ramer, ramer,
C'est l'heure de ramer, ramer,
Que la Vierge de Regla vous accompagne

À vingt mètres d'Ángel et Eduardo, sur un seau retourné, une silhouette avec un chapeau de paille et des manches longues se lève, entre dans une cabine en zinc et réapparaît près d'une proue en bois.

*****

L'eau verte prend d'abord une teinte bleu foncé puis noir bleuté, à mesure que le bateau de deux mètres et demi sur un, avec un moteur Johnson de quatre chevaux, s'avance sur la mer et dans la nuit.

Eduardo est le premier à remplacer Migue aux rames. Il œuvre en silence, sans savoir s'il fuit ou si on l'a expulsé. En même temps que le littoral de La Havane, il laisse derrière lui le réseau de contraintes dans lequel il est resté cloîtré pendant trente-deux ans. Son père a l'air perturbé par le bateau qui tangue, et Migue, heureux d'être parti après six heures du soir pour éviter le soleil le plus possible.

— Il vaut mieux attendre avant d'allumer le moteur, indique Migue, alors qu'un rafiot à moteur et à voile passe à côté d'eux, une dizaine de personnes et un chien à bord. L'essence que j'ai pu trouver devrait nous tenir à peu près un quart de la traversée. Pour l'instant, il n'y a qu'une chose à faire, s'éloigner de la côte.

— Je suis sûr que vous ne savez pas qui fête son anniversaire aujourd'hui, dit Ángel, après un bref silence.

— Qui ?

— El Fifo. Vous ne trouvez pas que ce départ est un beau cadeau ?

— Le meilleur cadeau que le peuple pourrait lui faire serait de le laisser tout seul sur son île, rétorque Eduardo.

*****

À environ dix kilomètres de Santa Fe, Migue annonce que la navigation côtière arrive à sa fin et qu'à partir de maintenant, ils devront se guider avec les étoiles pour continuer d'avancer. Eduardo essaie de faire abstraction des explications détaillées sur l'utilisation combinée de l'heure avec la hauteur des astres par rapport à l'horizon, mais il a le pressentiment qu'il aura du mal à supporter le collègue de son père. Depuis leur première rencontre à l'atelier automobile, il y a plus de dix ans, il le trouve un peu dérangé. Et en plus, il est prétentieux ; il ne manquait plus que ça. Mais il sait que son père ne s'embarquerait pas, et encore moins ne l'embarquerait lui, avec n'importe quel fou. Il espère simplement qu'à quarante ans passés, Migue n'est pas le genre de personne qui se lance dans une entreprise pareille sans savoir ce qu'il fait et sans préparation. Et que ses vantardises ne sont pas un masque pour cacher son ignorance.

*****

L'eau se fend en une écume sournoise contre la coque du bateau, qui avance sur une trajectoire entre l'est et l'est-nord-est à une vitesse de trois kilomètres à l'heure.

— À bas Fidel ! À bas le communisme ! crient quatre jeunes, enthousiasmés. Ils sont juchés sur un radeau de polystyrène avec des chambres à airs de pneus recouvertes d'une toile, une barre d'accroche et une voile déchirée.

— On se verra dans le Yuma, intervient Migue.

— Cette fois-ci, c'est la bonne ! répondent-ils.

— Bonne chance ! crie Ángel, une main en l'air.

Il félicite ensuite à voix basse la précaution de Migue, qui maintient le bateau à une prudente distance du radeau. Il bafouille finalement que le petit moteur est une tentation à lui seul.

Eduardo, qui ne peut plus voir de point fixe à l'horizon, se dit qu'ils ne sont plus dans les Caraïbes mais dans l'océan Atlantique, cet important axe de communication et de commerce international qu'il a étudié à l'école secondaire. L'idée que tous les océans sont connectés, en-dessous d'un petit bateau en bois où l'on ne peut même pas poser les deux fesses, lui fait considérer la possibilité que Migue n'ait pas pris la bonne direction. Ce serait une erreur difficile à rectifier. Peut-être fatale. La panique prend racine comme un parasite dans son cerveau dès qu'il s'imagine les reliefs sous-marins. Il ne peut apaiser ses doutes car il n'a aucun moyen de savoir quand ou comment se terminera l'odyssée. Et pour comble de malheur, la chaleur de l'après-midi est en train de se dissiper et la nuit va bientôt tomber pour tout envelopper. Il baisse ses manches et accroche le bouton du col chinois de sa chemise. Puis il se frotte les mains et souffle dessus. Il voudrait donner des coups de pied contre la coque du bateau pour réchauffer ses pieds, dans ses sandales ouvertes. Il doit bouger pour réactiver sa circulation et maintenir la chaleur dans son corps.

*****

Deuxième aube de la traversée. La mer resplendit et on ne voit rien à des kilomètres à la ronde, à part un ciel de filaments clairs, soyeux et discontinus, que la lune et le soleil se partagent harmonieusement.

— Laisse-toi bercer par le bateau, dit Migue à Ángel en cassant le lourd silence, alors que ce dernier vient de vomir et le regarde avec désespoir.

Après avoir sorti un paquet de cigarettes Populares de la poche de sa chemise de travail et une boîte d'allumettes, les deux bien enveloppés dans un sachet en plastique, il ajoute :

— Profitez-en pour fumer maintenant, si vous voulez, avant que j'allume le moteur.

Eduardo a des courbatures à cause de l'effort et de l'humidité, mais il continue à ramer, craignant qu'ils errent à la merci du courant et qu'ils soient en train de dévier vers le Mexique ou l'Europe.

*****

Il est midi, les nuages sont rares et le bateau maintient un cap est-nord-est à près de cinq kilomètres à l'heure. Ángel a les bras et les jambes raides. Il a passé trop de temps dans la même position inconfortable et ne sait pas s'il préfère la nuit ou le jour. De nuit, il ne voit rien, il se sent désorienté et il se méfie de tout type de danger, mais le jour, il frit sous le soleil. Aucune personne saine d'esprit ne s'exposerait plus d'une demi-heure sous ce soleil sans pitié. Il n'y a vraiment nulle part où se cacher. Il aurait déjà enlevé son pullover synthétique si Migue ne lui avait pas déconseillé dès qu'il avait émis l'idée.

*****

Migue dit qu'il reste environ soixante des cent-cinquante kilomètres nécessaires pour arriver à Key West. D'après la vérification précipitée qu'Eduardo a pu faire avant de partir, il y en a encore cent-cinquante du Key jusqu'à la péninsule, pendant lesquels il espère ne pas avoir à ramer.

— Vous voyez la Grande Ourse, là ? demande Migue, dans un nouvel effort pour ranimer la conversation.

Pendant qu'Ángel identifie les quatre étoiles brillantes à la base de la casserole et les trois du manche, Migue sort une bouteille en plastique avec du rhum, en boit une gorgée, fait une grimace et frissonne avant de leur expliquer comment la trouver en partant de la constellation de la Vierge, s'ils ne la voient pas.

Eduardo éclate une ampoule sur sa main droite avec ses dents et en suce le liquide. Dans son for intérieur, il se dit que les constellations sont l'œuvre de l'imagination humaine : ce sont des groupes disparates d'étoiles, chacune d'elles suit sa propre voie à travers l'univers, très loin et complètement déconnectée des autres. En reliant des étoiles, il dessine un dragon avec la bouche ouverte entre la Petite et la Grande Ourse, en-dessous de laquelle il voit une cravate inversée. D'un coup, sans la chercher, il se retrouve devant la forme d'un énorme serpent, un peu plus à gauche et plus bas dans le firmament, avec une panse protubérante et la tête orientée vers la cravate. Il cesse d'observer le ciel. Il n'a pas non plus envie d'observer la mer noire et insondable. Grâce au soleil et aux étoiles, ils pourront par moment tenter de s'orienter, mais il sait qu'ils n'ont aucun moyen de contrôler ni le vent, ni les courants marins, les forces qui, dans des conditions extrêmes, dicteront réellement leur trajectoire.

Une bande grisâtre émerge du fond de la mer, les éclabousse brusquement et s'enfonce à nouveau. Eduardo accepte en silence le signal que la mer n'a pas l'intention d'avoir pitié d'eux. Alors, il entend son père implorer son salut à la Vierge de la Caridad del Cobre et remarque que sa mâchoire inférieure tremble.

Migue passe la bouteille à Ángel.

— Bois un coup de rhum pour te débarrasser des tremblements et passe-la à Eduardo. Vous avez vu ? Un requin baleine. C'est inoffensif.

*****

Pendant la troisième matinée de la traversée, le courant qui accompagne le lent mouvement des rames d'Ángel les rapproche de la côte sud-est de Key West. Le vent souffle dans une direction favorable, la mer l'imite avec enthousiasme et le bateau, dont le moteur a fonctionné sans problème jusqu'à ce qu'il n'y ait plus de carburant, avance à présent avec presqu'autant de fluidité, intégré dans une synergie harmonieuse.

Eduardo s'est allongé sur le fond du bateau, entre des bouts de cordages, des boîtes de conserve et des récipients en plastique remplis d'eau potable et de rhum. En à peine quelques minutes, il tombe dans un sommeil profond. Migue veille, caressé par le vent et le bruit sourd de la coque qui fend l'eau de manière régulière. Ses commentaires sur le Gulf Stream, une « rivière dans l'océan », ont provoqué chez Ángel une sensation désagréable d'insignifiance, dépassé comme il est par l'immensité de tant de ciel et tant de mer, invisibles dans l'obscurité. Sans cesser de ramer, il cherche en silence les lumières de Cuba, tout en sachant qu'il ne les trouvera pas. L'île et cinquante-quatre ans de sa vie ont disparus.

*****

La nuit cède à une nouvelle matinée et le bateau a gagné un élan considérable cap est-nord-est. Migue et Ángel se sont succédé aux rames et le second est en train de se reposer quand le premier lui fait un signe de tête : à une cinquantaine de mètres flotte une pile de débris. C'est l'embarcation la plus délabrée qu'ils aient vue.

— Ces pauvres gens. Avec tous les efforts qu'il a dû falloir pour construire ce radeau et arriver jusqu'ici, commente Ángel.

— Et ils ont eu de sacrées couilles pour grimper dessus ! Une famille aurait pu vivre une année entière à La Havane, avec les huit cents dollars que valent ces chambres à air, ajoute Migue.

À elles deux ou une seule ? se demande Ángel, avant de comparer ce prix à celui d'un verre d'eau dans le désert.

— Que Sainte Barbara nous accompagne, mon frère. C'est une bonne chose que celui-ci dorme toujours, dit-il à son ami, en faisant un signe de croix et en désignant Eduardo.

*****

Ça sent la tempête. Eduardo se souvient avec quelle fascination il observait les ondulations régulières à la surface des vagues à Santa María del Mar, à Guanabo, à La Playita de la 16ème et à Monte Barreto. Qui aurait pu prédire, alors qu'il restait captivé des minutes entières devant la rondeur, le vide et le son des vagues qui se cassaient sur le rivage, qu'un jour il devrait se confronter à elles pour sa survie ? Combien d'hommes faudrait-il, sur terre, pour porter le bateau dans lequel ils sont, à présent en train de planer, débridé comme s'il craignait de tomber en piqué ? Six ? Huit ? Il n'y a qu'en pleine mer qu'on se rend compte de la facilité avec laquelle les vagues s'amusent aussi bien avec une barque qu'avec un transatlantique. L'énergie, de ce côté sauvage de la réalité, impose le respect. Et inspire la peur.

*****

Dans la matinée de la quatrième journée, le bateau se cabre, chevauche le dos des vagues et s'effondre, au milieu des cascades d'eau froide qui se transforment en mousse au contact de la peau et des vêtements. La houle qui se dresse à deux mètres de haut ne paraît pas avoir d'autre objectif que de les envelopper et de s'écraser bruyamment contre eux. Parfois, après une pause agonisante, une vague imprévue et tranchante les claque comme un coup de fouet. À d'autres moments, ils entendent le bruit d'une nouvelle qui se prépare et cela leur permet d'anticiper. Une furieuse les soulève dans un rugissement, une autre les fait chanceler et une traître les fait pratiquement chavirer. Ils tentent de survivre entre les trombes d'eau et les rafales de vent qui frappent leur poitrine et leur tête avec fureur, sans savoir s'ils vont se renverser, s'ils vont couler ou s'ils vont être catapultés hors du bateau. C'est comme s'ils avaient été donnés en sacrifice à la mer et que celle-ci, capricieuse, s'attelait à grignoter lentement son offrande au lieu de l'avaler d'un coup. Ils tentent de sauver ce qu'ils peuvent en tâtonnant dans le noir, mobilisant tous leurs sens pour appréhender les vagues et les attendre, accrochés à l'embarcation.

Le danger de tomber à l'eau se transforme soudain en réalité lorsqu'une vague frappe Ángel au visage alors qu'il n'est pas bien cramponné au bateau. Il perd l'équilibre, tombe par-dessus bord et se retrouve à la merci des vagues. Il reste submergé pendant quelques secondes et l'eau salée trouve le moyen de s'infiltrer dans son estomac et dans ses poumons, menaçant de l'asphyxier. La bouche au ras de la surface, il se prépare à crier, mais sa tête heurte le bateau. Migue perçoit un bruit sec contre la coque. Eduardo lui demande de le tenir par les chevilles et il plonge la moitié de son corps dans l'eau. Aiguisant ses sens, il cherche à tâtons, il effleure un bout de vêtement et tente de l'agripper mais il lui échappe. Il sort la tête de l'eau, respire avec agitation et retourne sonder l'eau, à l'aveugle. Sans lâcher Eduardo, Migue crie le nom de son ami puis redevient silencieux, l'oreille aux aguets. Lorsqu'Eduardo se relève, il crie à son tour. Anxieux, il attend une réponse de son père, mais tout ce qui lui parvient est le battement de la mer contre les planches du bateau.

*****

Une tortue morte. En plus de vingt-quatre heures, voilà l'unique résultat qu'a rapporté l'étude de la chimie complexe de l'océan, à travers l'exploration continue de sa superficie et de son fond. À quoi lui servent ces membranes qui augmentent la sensibilité de ses yeux en cas de basse luminosité, comme un écran réfléchissant ? Quel est l'intérêt d'avoir l'odorat surdéveloppé que son espèce a passé des centaines de millions d'années d'évolution à affiner ? Il a détecté du sang, puis en a perdu la trace.

Il perçoit un changement dans la pression de l'eau : il y a de l'activité autour d'un bateau. En une fraction de secondes, il se place stratégiquement, tel une ombre, derrière et en-dessous d'un corps qui est en train d'effectuer des mouvements chaotiques.

En guise de morsure préliminaire d'à peine quelques dizaines de kilos de pression, les dents disposées en rang et inclinées vers l'intérieur laissent moins de vingt centimètres de fémur à l'une des jambes. Ángel remarque une turbulence. Il sent un coup sec porté à son corps et une chaleur soudaine envahir sa jambe droite. Avec difficulté, il tente de se positionner pour regarder sous l'eau, en direction du coup. Il ne peut pas voir le torrent de sang mais parvient à palper avec sa main droite les quelques lambeaux de chair et de ligaments qui pendent comme des haillons à la place de son genou. Une force bien plus violente que la première le projette d'un coup vers le haut. À une main de distance de son visage, il voit alors une peau brunâtre qui devient affreusement blanche en se tournant vers sa poitrine. Il sent la pression de la mâchoire et l'incision des redoutables dents acérées et des plus petites dents pointues. Il crie en même temps qu'il colle un coup de poing contre les écailles du museau émoussé, entre le petit œil inexpressif et le sourire sinistre, et l'eau lui entre à nouveau de force dans les poumons pour le brûler de l'intérieur. L'agresseur répond en secouant ses cinq mètres de longueur et en arrachant ce qu'il vient de croquer. Ángel demeure sur le ventre, immobile, entre les bourdonnements et les crépitements que produit ce qui lui reste de corps.

*****

Il redescend au fond. Il est furieux. Une seule morsure avait suffi pour lui indiquer que ce n'était ni un phoque, ni un lion de mer, mais un naufragé pauvre en graisse, tout comme le surfer près du Massachusetts, le plongeur dans les eaux chaudes et peu profondes de Panama City et l'autre naufragé d'hier. Pourquoi est-ce que ces créatures chétives et insipides s'acharnent à se présenter à lui ? Celle-ci a même osé contre-attaquer. Il faudrait lui faire une troisième morsure, au moins pour faire vivre la tradition de laisser la proie se vider de son sang avant d'y retourner. Sinon, qu'adviendrait-il de la réputation de cette machine invincible, assassine, qui n'épargne même pas les membres de sa propre espèce ? Cela prouverait qu'en tant que prédateur impitoyable, aristocrate de la chaîne alimentaire, le requin tigre occupe toujours l'échelon le plus haut de l'écosystème marin.

Vous voulez danser ?

… La politique yankee sur la question d'immigration est à deux poids et deux mesures. Elle s'illustre par le fait qu'ils accueillent plus de réfugiés de la mer que de personnes qui passent par la voie légale mise en place après Mariel. Les États-Unis ne respectent pas leur partie de l'Accord de 1984 négocié avec Reagan, qui garantissait vingt mille visas par an en échange que l'on accepte quelques indésirables de Mariel. Selon cet accord, ils auraient dû accorder cent soixante mille visas. Toutefois, ils ne nous en ont octroyés que onze mille et ont reçu treize mille deux cents immigrants illégaux les bras ouverts… Une fois encore, les Nord-Américains mènent une campagne qui encourage l'illégalité et la désobéissance civile. Cette politique a déjà motivé plusieurs entrées en force dans les ambassades et des attaques armées contre des embarcations appartenant à l'État, dont l'une a provoqué la mort d'un garde-frontière… On a annoncé sur Radio Martí qu'un groupe de bateaux arrive sur la côte de La

Havane pour venir chercher des Cubains. Ce n'est pas étonnant que tout le lumpenprolétariat se soit réuni dans la zone des docks… Cela fait trente-cinq ans que les Yankees favorisent les sorties illégales de Cuba, même si celles-ci impliquent le détournement d'avions et de bateaux, et bien qu'elles mettent en danger la vie de ceux qui ne veulent pas quitter le pays. Ce sont ces délinquants, ces terroristes qui détournent des bateaux et qui n'hésitent pas à tuer, qui sont accueillis en héros à Miami… Un groupe d'antisociaux est descendu dans la rue pour commettre des actes de vandalisme… Il est clair que ces troubles sont provoqués par les rumeurs d'un pont maritime financé par les États-Unis. Nous ne pouvons plus nous permettre d'être les gardiens des côtes nord-américaines, puisque les Yankees s'entêtent à nous asphyxier économiquement, sans honorer les accords migratoires. Le Gouvernement Révolutionnaire ne peut pas continuer à protéger les frontières du pays qui a provoqué cette situation. Nous ouvrirons les nôtres pour que chaque personne qui souhaite partir puisse le faire sans restriction…
(Télégrammes et articles de la presse cubaine, août 1994)

Emilia ne s'y méprend pas. Elle prend la presse cubaine avec des pincettes, comme tout autre presse. Elle sait que la crise qui se profile depuis juillet est due à un mal-être social généralisé et à une situation beaucoup plus complexe. De nouveau assise devant l'ordinateur prodige qu'elle utilise quand elle est de service le weekend, à son poste d'assistante de rédaction à *El Nuevo Herald*, elle déplace sa souris sur l'icône de la disquette et fait un double-clic sur son propre article, prévu pour le supplément du dimanche d'un autre journal de Miami, *El Cubanito* :

La manière dont l'histoire tend à se répéter est incroyable. En avril 1980, six individus en autobus entrent de force dans l'ambassade du Pérou. Un gardien meurt lors de l'incident et les Péruviens optent pour l'asile politique. Le gouvernement cubain retire sa protection du siège diplomatique et quelques onze mille personnes s'y réfugient. Castro ouvre donc le port de Mariel, par lequel plus de cent vingt-cinq mille Cubains quittent le pays. Dix ans plus tard, de juillet à août 1990, une cinquantaine d'individus entrent par effraction dans les ambassades d'Espagne, de

Tchécoslovaquie, de Belgique, d'Italie, du Canada et de la Suisse, évènement qui viendra à s'appeler « la crise des ambassades ». Cette fois, l'île refuse de négocier avec les aspirants-réfugiés, qui doivent rentrer chez eux. Le 9 septembre 1993, onze personnes s'introduisent dans le siège de l'ambassade du Mexique. À la suite des négociations que génèrent l'incident et puisqu'il s'agit du « grand ami qui n'a jamais tourné le dos à Cuba », Castro fait une exception à sa politique de migration et permet aux occupants de s'en aller. Au cours du mois de mai 1994, des intrusions similaires se produisent aux ambassades de Belgique et d'Allemagne et au consulat chilien. L'île maintient sa position de ne pas négocier avec les occupants, qui sont près de cent cinquante.

L'horloge, dans le coin inférieur droit de l'écran, indique vingt-deux heures cinquante. Emilia envoie le brouillon à l'imprimante, se lève et se demande ce que pensera Pepe de ce troisième article lorsqu'il sera publié. Au fond, elle admet que l'opinion de son ex-mari l'intéresse autant que celle des lecteurs du journal, et qu'une grande partie de son inspiration lui vient des innombrables heures de discussions et de vie partagées avec lui.

Il lui reste une heure maximum à la rédaction. Elle va boire son dernier café de la soirée et corrigera à la maison, sur papier, la description des faits. Elle développera aussi l'idée principale : à peine deux mois après les incidents des ambassades européennes et du consulat chilien, un nouveau Mariel est sur le point de se produire, une copie conforme. C'est une théorie, de la pure spéculation, mais c'est comme ça qu'elle le voit et qu'elle le sent. Ce qu'elle aime, c'est découvrir des vérités entre les discours de gauche et de droite selon sa propre expérience, ses observations et son instinct.

De nouveau sur la chaise pivotante, elle place le document imprimé face cachée entre le clavier et l'écran. Au lieu de récupérer ses affaires pour sortir, elle se sent portée par l'inspiration et se remet à taper :

Cuba tentera d'abord l'approche qui lui a valu des résultats modestes à Camarioca en 1965 mais spectaculaires en 1980 pendant Mariel. Lors de ces deux occurrences, c'est l'île qui dicta le déroulement et le rythme des évènements alors que son voisin puissant restait sur la défensive. Le processus est maintenant plus que rodé : des déséquilibres et des problèmes apparaissent sur l'île, Fidel tente de négocier. Les États-Unis refusent, il les menace d'une crise. Les Américains se moquent ou répondent avec leur rhétorique de résistance. Il ouvre les frontières, d'abord secrètement, puis publiquement, et c'est finalement la superpuissance qui se voit débordée, sans autre alternative que de négocier la nouvelle politique migratoire dont la petite île a besoin.

« Vous voulez danser ? Eh bien, vous allez voir ! », Emilia imagine les grands titres d'un *Granma* ou d'un *Juventud Rebelde*. Elle doute de pouvoir utiliser un titre semblable dans un journal de Miami. Peut-être « Copie conforme », réfléchit-elle en plissant les lèvres. Elle se remet debout, parvient cette fois-ci jusqu'à la cafetière, et remarque que quelques lampes de bureaux sont encore allumées dans la rédaction, en plus des néons. Surtout dans la section des correcteurs et de la rubrique sportive, où deux âmes s'efforcent de rassembler leur jargon en toute hâte avant la fermeture.

Le cheval

Invitée par son amie catalane à passer l'après-midi à bord d'un yacht appartenant à un agriculteur argentin nommé Rogelio Romero, Emilia profite de la vue qu'offre la marina de Fort Lauderdale. En parcourant le pont avant des yeux, elle imagine brièvement les lettres « RR » marquées au feu sur l'arrière-train de centaines de bovins et se demande quel type d'embarcation auront pu acheter les trois mille cinq cents dollars qu'elle a transférés en Espagne. La traversée de son père et de son frère sera infiniment plus risquée que la sienne en 1980. À la télévision, ils n'arrêtent pas de montrer des images de réfugiés de la mer désespérés, déshydratés, en hypothermie ou à la dérive.

Ledit Rogelio explique qu'il vit une vie sans attaches entre les marinas de la côte sud de la péninsule et le lac Okeechobe. Tous les deux mois, il fait une visite à Buenos Aires et va voir ses ranchs en Patagonie, vérifie les comptes avec ses administrateurs et retourne dans les tropiques. Pour lui, il n'y a rien de tel que les tropiques. C'est surtout parce que, la majorité de l'année, les températures sont assez basses dans le sud de l'Argentine, alors qu'il préfère la chaleur et les chemises hawaïennes, dit-il en souriant, la bouche pleine. L'homme doit avoir une quarantaine d'années et il les porte bien. Il est bien bâti, musclé et fortuné, et il a l'air de transpirer la testostérone. Il a mentionné avoir été joueur de rugby et Emilia n'en doute pas.

La conversation crépite comme un feu d'artifice et le sujet se porte à présent sur la plus grande île des Caraïbes. On y trouve des plages et des paysages fascinants, prise par les Anglais puis échangée contre la péninsule de Floride, elle fut le champ de bataille de la guerre hispano-américaine. À un moment de son histoire, elle faillit faire partie des États-Unis d'Amérique, puis devenir un satellite soviétique, et fut également l'agent provocateur qui plaça le monde au bord de l'holocauste nucléaire.

— Et il ne veut pas mourir, ce salaud de Castro, dit Consol.

Les regards se posent tous sur Emilia. Qu'est-ce qu'ils veulent qu'elle leur raconte ? Parmi les tentatives d'assassinat de Castro dont elle se souvient, elle compte le stylo empoisonné, le scaphandre, le bazooka dans le stade de baseball. Elle avait entendu parler d'un composé chimique dont on voulait enduire ses chaussures pour lui faire perdre sa barbe et, ainsi, son charisme et son pouvoir.

Mais elle préfèrerait une conversation légère sur la cuisine, le cinéma ou, sans même aller plus loin, sur la communauté des voisins dans une marina comme celle-ci, dans la capitale mondiale du « yachtisme ».

— J'ai toujours entendu dire qu'avant la Révolution, Cuba était la troisième puissance économique en Amérique Latine et un grand pays agricole, dit Rogelio. Comment est-ce possible que les gens d'aujourd'hui meurent de faim ? Vous voyez, l'armée de mon pays avait vu juste quand ils ont mené le coup d'état de 1976. S'ils n'avaient pas été là, avec l'armée uruguayenne et Pinochet au Chili, toute l'Amérique du Sud aurait suivi le chemin de Cuba.

L'hercule argentin à la peau bronzée a également de la verve et, à en juger par le regard intense de ses yeux bleus, il a l'air d'être attiré par elle.

— Cela ne justifie pas les tortures et les disparitions, Rogelio, intervient Consol.

— Ma fille, il ne faut pas oublier que c'était une guerre sale. Parfois, les guerres entraînent certains excès.

— Espérons que tu n'as jamais eu l'occasion d'en profiter, rétorque la catalane.

— Je n'ai jamais été dans l'armée, Consol. Mais si je l'avais été, je ne sais pas comment je me serais conduit.

— Ne nous écartons pas du sujet, dit-elle, cherchant à réorienter la conversation. Je suis d'accord que les choses doivent aller mal, sur l'île, pour que tous ses habitants veuillent partir coûte que coûte. Mais c'est aussi de la propagande. Ce sont les Cubains qui reçoivent toute l'attention médiatique bien que les garde-côtes interceptent autant voire plus de Dominicains ou de Haïtiens. Il faudrait demander aux Mexicains pourquoi ils veulent émigrer malgré l'Accord de libre-échange. Il y en a des milliers qui meurent chaque année, à cette frontière-là. Et j'ai lu récemment qu'un quart des Argentins souhaiterait partir vivre aux États-Unis ou en Europe.

Avec cette dernière phrase, elle se tourne vers Rogelio, qui se lève et avale sa bouchée de trois olives.

— Les Argentins qui ont besoin de chercher une vie ailleurs sont des canailles. Ne me regarde pas comme ça, car ce n'est pas mon cas. Mon argent sort de Patagonie et je le dépense ici, pas le contraire. Tu sais bien que je suis agriculteur dans un pays qui consomme et exporte beaucoup de viande. Tu es déjà venue à plusieurs de mes barbecues.

Emilia se sert du vin et parcourt du regard les restes de tapas variés sur la petite table en plastique blanche : des olives fourrées aux poivrons, du gruyère et du brie, de l'omelette de pommes de terre, du chorizo, du saucisson, de la salade de chou, et des bâtonnets de concombre et de carotte. Son hôte est l'archétype de l'oligarchie créole d'Amérique du Sud. C'est un fanfaron insupportable et le fait qu'il soit si séduisant la dégoûte.

— Je vais tenter de m'expliquer, continue Consol. Ce que je veux dire, c'est que hormis le communisme et les privations, les médias en font des tonnes, et il y a toutes sortes de droits pour ceux qui se pointent ici et déclarent : « J'invoque la loi d'ajustement cubain. » Je ne veux même pas imaginer une loi d'ajustement pour les Mexicains. Ou pour les Chinois.

Rogelio ouvre des yeux grands comme des soucoupes. Il change de sujet en s'adressant directement à Emilia, qui observe le coucher de soleil en silence.

— On m'a dit que tu étais arrivée pendant Mariel. Dans quel bateau ?

— Le *Lady Marion*.

— Le *Lady Marion* ? C'est vrai ? Avec Bob l'anglais ?

— Je ne sais pas s'il était Anglais, mais il m'a paru être assez compétent en navigation. La météo et les conditions en général n'étaient pas bonnes du tout.

— C'est un drôle de type, obsédé par l'ordre et superstitieux jusqu'à n'en plus pouvoir. Il dit qu'il ne faut pas siffler parce que ça encourage le vent et ne pas remuer son thé ou son café dans le sens inverse des aiguilles d'une montre si l'on veut éviter les tempêtes. Avant de manger ses *empanadas*, il croque les deux extrémités pour que l'air puisse passer au milieu. Mais bon, je ne sais pas s'il dit ces choses pour plaisanter.

— Et on ne le saura jamais, dit Consol, en regardant la cabine et en passant un joint de haschisch à Emilia. Si on voyait un Anglais sur ces escaliers, on ne saurait pas s'il monte ou descend.

— Tu veux aller voir le *Lady Marion*, demain ? demande l'agriculteur aux yeux hypnotiseurs à Emilia. Il est peut-être amarré dans l'une des marinas municipales, là où Bob passe le plus clair de son temps.

— Demain, j'ai quelque chose d'important à faire qui me prendra peut-être toute la journée, dit-elle, après une bouffée, mais peut-être un après-midi de la semaine prochaine…

— Tu es sûre ? Parce qu'ils annoncent qu'il va faire très beau. On pourrait passer par les îles des célébrités et voir la maison où a été filmé Cocoon, celle de Madonna, de Julio Iglesias…

— C'est dommage, mais je ne peux pas reporter ce que j'ai à faire. Dis-moi si tu veux y aller un autre jour. Si tu as un papier, je te donne mon numéro, propose-t-elle.

— Une seconde, je reviens.

Tandis que Rogelio entre dans la cabine, le joint repasse à Emilia et relâche miraculeusement la tension dans son corps. La voix de Consol commence à lui parvenir en retard et un peu confuse.

— Excuse-moi, dit l'agriculteur, déjà de retour.

— Je te le dis tout de suite, je ne sais pas comment je vais réagir devant le *Lady Marion*, le prévient Emilia.

— Tu es dans un pays libre. Tu peux pleurer autant que tu veux, mais je te conseille de sourire et de profiter de ta liberté.

— Peut-être que je vais éclater de rire, aussi, qui sait ?

Alors qu'elle se prépare à boire dans le verre que son interlocuteur lui a rempli, une rigidité incommode s'empare de son bras. Il est tellement lourd qu'elle n'est pas sûre de pouvoir atteindre son verre, d'autant plus qu'il lui est de plus en plus difficile de voir les choses nettement. Un souffle d'air froid effleure ses bras nus comme une lame de couteau. N'était-ce pas une chaude fin de journée estivale avec un ciel complètement dégagé ?

Consol se lève et fait signe qu'il est l'heure de partir. Bien qu'Emilia puisse à peine ouvrir les yeux, ou peut-être précisément pour cette raison, les autres décident qu'elle devrait rester et entament des adieux précipités. Elle tente d'organiser ses idées, de regrouper ce qu'elle perçoit autour d'elle en un tout cohérent et de se lever sans avoir l'air intoxiquée, mais…

Heureusement, Rogelio l'a retenue et l'aide à descendre les marches du pont à la cabine. Elle perd à nouveau l'équilibre et il est encore là pour la soutenir, mais cette fois il lui caresse également les épaules, les cheveux et les joues. Emilia accepte le baiser qu'il lui offre, même si elle craint de ne pas pouvoir répondre avec tant de passion. Ensuite, elle sent qu'on lui palpe les seins par-dessus sa blouse et qu'on lui empoigne les fesses. Une grande main lui malaxe l'entrejambe.

Elle termine sur le lit et l'agriculteur tente de déboutonner son pantalon tout en lui fourrant la langue dans la bouche, mordant ses lèvres et tordant le cou pour la renifler. Elle se sent bien trop nauséeuse pour consentir ou même pour opposer une résistance. Elle aimerait bien, en plus de se savoir désirée, pouvoir donner de la satisfaction avec son corps mûr, mais encore ferme. Elle facilite la tâche à l'Argentin en serrant son ventre, mais elle le regrette aussitôt, car après avoir gagné la bataille du fermoir, il arrache pratiquement le soutien-gorge de son bikini pour lui serrer les seins, les pincer, les lécher et les mordre. Sa grosse patte gloutonne s'introduit alors sous la partie inférieure du maillot de bain. Rendu fou par l'expectative, le mâle souffle, impatient, il secoue la tête et tripatouille aussi frénétiquement que piétine un étalon. Emilia évite de croiser son regard féroce. Elle sait qu'il faudrait plusieurs hommes pour le maîtriser, c'est pourquoi elle relaxe ses hanches et cesse de résister. Cependant, cette soumission ne sert qu'à déclencher des attaques saccadées qui l'écrasent contre le lit, qui cogne à son tour de manière répétitive contre la paroi du bateau. Emilia sent contre son corps quelques secousses essoufflées, un paroxysme convulsif et un hennissement. La tête de l'homme s'écrase maladroitement sur son épaule. Lui aurait-elle provoqué un infarctus ?

Négatif : il se retire, abattu, démuni, sans même daigner la regarder.

Au-delà des cent cinquante kilomètres

On dit qu'un humain verse en moyenne soixante litres de larmes en une vie, mais pas même une ne saute des yeux d'Eduardo jusqu'à la mer terrifiante. Ce n'est pas parce qu'il a volontairement bloqué le sentiment de perte, mais parce que son énergie est focalisée sur le présent et qu'il ne peut pas se permettre de succomber à l'affliction. Au cours d'un très bref instant, il a accepté le fait que toutes les cartes étaient rebattues et qu'à ce stade, plus rien de son ancienne vie ne pourrait être sauvé. Cramponné aux rames, il pose son regard sur l'étendue infinie des vagues et se rend compte que cela fait des heures qu'ils se démènent, tels des ahuris endiablés. Puisque les dieux de toute latitude et de toute époque ont toujours la méchante tendance à rester impassibles devant les mésaventures des hommes, comme si rien du tout ne se passait ici-bas, il demande directement à Zeus pourquoi ce dernier s'entête à le tourmenter. En espérant une réponse et en entendant Migue murmurer quelque chose à propos du Gulf Stream, il regarde ses paumes de mains qui sont détruites, pleines d'ampoules et couvertes d'une couche visqueuse. Peut-être bien que ramer est la meilleure chose qu'il puisse faire pour maintenir sa chaleur corporelle, soulager ses courbatures et s'occuper l'esprit.

*****

Dans les cafés, bars et restaurants de Mallory Dock, Key West, les touristes et les locaux profitent du coucher de soleil au son des musiciens et des artistes de rue. Quatre Cubains en exil se rincent le sifflet en faisant une partie de dominos sur la zone piétonne de Bahia Honda. À Key Colony Beach, Key Crawl, des Britanniques à la retraite discutent lentement tout en jouant au golf. À Islamorada, quelques Américains pêchent avec des appâts, certains font de la plongée autour de la barrière de corail et d'autres font des achats, mangent ou observent, captivés, les pirouettes des dauphins et des lions de mer.

Migue et Eduardo passent au large, par l'Est, en parallèle à l'Overseas Highway 1, qui, avec ses quarante-deux ponts, sert d'artère principale à tout le chapelet d'îles. Ils ne voient pas la côte et, s'ils maintiennent le cap est-nord-est, ils ne toucheront même pas la péninsule.

Migue examine Eduardo, qui a l'air d'avoir perdu cinq kilos depuis leur départ. Il remarque les os saillants sur son visage affligé et les boutons purulents qui apparaissent sans cesse sur sa peau. Il craint que le jeune homme soit complètement déshydraté et il n'exclut ni la folie ni la mort.

*****

Eduardo a le regard fixé sur le dos des vagues. Pourquoi, si l'eau est une matière amorphe, se montre-t-elle en tant de spirales uniformes ? Une poussée verticale vers le ciel recouvre la surface de courbes qui en engendrent d'autres, lesquelles se divisent à leur tour pour répéter la forme de la vague mère, comme un écho. Ensuite, la gravité et la tension même du liquide doivent tirer chaque petite vague vers le fond, et ainsi de suite, il imagine. Lorsqu'il allait à la plage, il croyait que l'eau allait de l'horizon jusqu'à la côte. Maintenant, il voit ça différemment : c'est de l'énergie qui traverse les océans. Les vagues bougent par la simple nécessité de se reconstruire. Ce qu'il observe autour du bateau n'est qu'une image fractale de l'infini en mouvement perpétuel. Il n'y a que l'homme qui s'obstine à voir le monde comme un objet. Et cet idiot continue de penser ainsi en grandissant, en vieillissant, et jusqu'à ce qu'il soit détruit de la même manière qu'il a été créé. Sans voir la dynamique, l'instabilité, le caractère éphémère du processus. La mort a déjà tenté de l'emporter dans ce bar nauséabond du port de La Havane. Elle a pris sa mère et son père. Si le moment est venu, il est prêt. Quand une vague meurt, elle se casse dans un chaos confus de bruit et d'écume, non ? Eh bien, il acceptera son destin avec la même grâce. Il est préparé pour le moment décisif. Il doit simplement se débarrasser du passé, son lourd bagage, mais qu'est-ce que le destin pourrait encore trouver à lui dérober ?

*****

Comme toutes les nuits, la mer obscure suscite une incertitude et une angoisse qui invitent à crier, à supplier. Mais le petit matin est déjà bien entamé et il ne reste plus qu'à attendre l'aube. Le bourdonnement qu'ils entendent, serait-ce celui d'un moteur traversant le ciel ? Serait-ce un petit avion des Frères à la Rescousse, l'organisation de pilotes bénévoles qui survole le Détroit de Floride à la recherche de naufragés et qui informe les garde-côtes nord-américains de leur position pour aller les secourir ? Ne connaissant pas quels services d'avions civils offrent les aéroports de Key West et de Marathon à cette heure-ci, Migue prend la lampe torche et lance des signaux intermittents en direction du ciel.

*****

Au milieu des pointes, des crêtes et des ombres de la houle, Migue aperçoit une espèce de tache à la forme indéfinie, peut-être un petit radeau. Voyant qu'elle ne bouge pas, il dirige le bateau vers la tache et avertit Eduardo de ne pas s'approcher de quiconque ils pourraient rencontrer. Rien n'est plus éloigné de l'intention du jeune homme, qui a horreur du spectacle des radeaux, vides ou occupés, et qui ne souhaiterait pas l'épreuve de cette traversée à son pire ennemi.

À quelques vingt mètres d'eux, Eduardo parvient à discerner qu'il s'agit d'un corps sur une chambre à air. C'est celui d'un homme, squelettique, couvert d'ulcérations et qui risque à tout moment de glisser par le trou. Impossible de dire si le naufragé est métis, albinos, s'il est violet à cause d'une mauvaise circulation du sang ou de ses brûlures, ou bien si ce qu'il voit n'est qu'un tas d'os.

Migue approche un peu plus le bateau et touche la jambe du corps avec une rame. Il recommence, cette fois un peu plus fort. Le pneu pivote et s'éloigne, la figure rigide toujours bien accrochée.

*****

Au milieu de l'après-midi, une fine pluie se met à tomber et Migue se désaltère grâce aux gouttes qu'il collecte dans ses mains ouvertes vers le ciel. Il enlève sa chemise et l'essore au-dessus de sa bouche ouverte. Eduardo suit son exemple et boit tout ce qu'il peut, sentant avec soulagement comment sa peau étanche sa propre soif avec chaque précieuse goutte. Migue lui recommande de frotter délicatement ses plaies avec sa chemise humidifiée par l'eau douce.

*****

Eduardo n'est même pas sûr que le changement de direction que Migue vient de faire est correct. Il ne peut que lui faire confiance quand il dit qu'ils arriveront dans moins de douze heures. Au moins, le bateau va dans le même sens que les vagues ; un sens favorable, prometteur. Il se demande si l'espoir est quelque chose de positif ou non. Que faisait-il dans la boîte de Pandore, s'il était positif ? Pourquoi était-il resté enfermé dedans s'il ne l'était pas ? Malgré toutes ces questions, Zeus reste muet comme une tombe. Et sur Terre, le soleil brille aveuglément sur les interminables ondulations de l'étendue devant eux, qui a l'air en ébullition. L'eau forme des crêtes, de l'écume, des tourbillons ici et là, comme d'innombrables boxeurs qui fixent leur adversaire avec haine et qui sautent à gauche et à droite. Comme de la lave. Comme des lames. On n'y voit aucune trace de la diversité biologique qui soi-disant s'y trouve. On dirait du plomb en fusion, du mercure. Eduardo se sent dans un désert, avec la même soif et la même chaleur fiévreuse. L'air qu'il respire lui embrase les poumons.

Soudain, il a l'impression de voir un énorme pont suspendu par-dessus la mer, qui l'empêche de voir l'horizon. Il ne peut pas parler de sa vision à Migue, qui penserait qu'il est en train d'halluciner. Mais c'est bien ce qu'il a vu : un pont, ce qui permet de passer d'un pays à un autre, qui relie des territoires, des hommes et qui connecte des vies.

*****

Migue touche le front et le cou d'Eduardo, qui a cessé de trembler pour entrer dans une torpeur préoccupante. Il estime que sa température est de quarante ou plus et que la seule raison pour laquelle il n'a pas encore commencé à délirer est qu'il n'en a pas la force. Il entend alors un autre engin volant s'approcher.

C'est un petit avion Cessna, qui laisse tomber un petit colis avant de disparaître. On les a localisés ! Il tente de garder son calme alors qu'il prend les rames et dirige le bateau vers le paquet flottant. Il n'arrive pas à croire que l'aventure va réellement se terminer avec succès.

En voyant que la joie commence à apparaître sur le visage rongé du fils de son ami, il sent son cœur se serrer contre sa poitrine et un nœud se forme dans sa gorge. Les deux hommes se penchent douloureusement en avant, s'étreignent, posent la tête sur l'épaule de l'autre et s'abandonnent sans réserve aux sanglots.

*****

Le bateau à moteur fait un arc de cercle autour d'eux. L'un des deux jeunes à bord, avec les mots *U.S. Coast Guard* écrits en blanc sur le fond orange de son gilet, leur indique posément, en espagnol avec un accent mexicain, qu'ils doivent mettre les gilets de sauvetage qu'il leur tend.

— Ça va ? Tu peux te débrouiller tout seul ? demande-t-il à Eduardo, en voyant qu'il n'a pas l'air de comprendre les instructions.

L'homme n'a pas terminé de formuler la deuxième question qu'Eduardo s'effondre. Migue fait un pas et se penche en avant pour l'aider, mais ils lui enfoncent un gilet sur la tête, presque de force, avant qu'il n'ait pu faire quoi que ce soit.

— Nous allons l'emmener tout de suite car il a besoin de soins immédiats. Un autre bateau viendra te chercher. D'accord ?

Les deux garde-côtes enveloppent Eduardo dans une couverture et le portent dans le hors-bord.

— Sois tranquille, maintenant. Tu n'as plus qu'à attendre sans bouger. Compris ?

Quelques minutes plus tard, le transfert de Migue d'une barque à un navire militaire qui passe des jours entiers à chercher des rescapés s'effectue non sans difficultés : le second est beaucoup plus haut et la première n'arrête pas de tanguer.

Pendant des heures interminables, des gens montent à bord avec des yeux qui leur sortent presque des orbites, les épaules et le visage brûlés et des morsures de poissons aux jambes. On leur donne de l'eau, une couverture et une paire de tongs.

Si Migue pouvait se regarder dans un miroir, il verrait que ses propres joues ont l'air d'être du papier cartonné froissé. Ses cheveux raides brillent de saleté et de sueur. Ses yeux bruns, vitreux et troubles sous ses épais sourcils complètent le tableau de détresse avec lequel compatit une autre naufragée, à qui l'océan a dérobé sa fille d'un an et demi.

À vendre

L'arrivée des réfugiés dure déjà depuis des semaines et elle reçoit l'attention de la presse nord-américaine. Bob lit les nouvelles avec intérêt : de plus en plus de Cubains débarquent en Floride chaque jour et, si l'on en croit le nombre de barques vides, beaucoup perdent la vie dans le détroit. Un jour, la chaîne FOX annonce que les garde-côtes en ont capturé mille trois cents, qui seront reconduits dans leur pays. Le jour d'après, selon ABC, ils en ont intercepté plus de deux mille cinq cents. CNN diffuse des images d'une femme sur le point d'accoucher sur un bateau.

Quant aux Cubains qui habitent le Sud de la péninsule, ils ont l'air d'être devenus fous, cet été. Certains font le plein de victuailles et d'affaires, d'autres mettent leurs maisons en gage pour acheter un bateau. De toutes parts, on respire un mélange étrange d'espoir et d'indignation. Il y a des grèves, des discours, des préparatifs et beaucoup d'euphorie. Pourquoi tout ce raffut ? Il n'y aura pas d'autre Mariel, voudrait crier Bob.

Alors qu'un acheteur potentiel, qui s'avère être Cubain, vient voir le *Lady Marion*, Bob se souvient des trois fois où il a levé l'ancre de ce même port, à Key West, pour ramener des insulaires aux États-Unis il y a de cela quatorze ans. Il l'avait fait avec l'enthousiasme d'un jeune homme et accompagné de centaines d'autres bateaux. Mais si on lui offrait le double d'argent pour réembarquer dans une aventure similaire, alors qu'il est si proche de la retraite, il sourirait et continuerait tranquillement ce qu'il était en train de faire. À présent, cela consiste à reprendre une gorgée de cette chope rafraîchissante de bière à la limonade.

Il est entré dans la phase finale de son plan rusé pour retourner à la verte et plaisante Albion, où il construira son propre Jérusalem. Il s'en va l'année prochaine, avec sa femme de République Dominicaine et son adorable fiston au teint mat et aux cheveux bouclés. Il ne va pas tarder à préparer ses affaires. Sa petite maison au sud de Miami a pris de la valeur année après année et vaut à présent le double qu'en 1980. C'est un quartier séduisant, entouré par l'Université de Miami, Coral Gables et Pinecrest, et traversé en diagonale par l'autoroute South Dixie. Il y a des restaurants, des boutiques, peu de délinquance et deux hôpitaux qui génèrent à la fois de l'emploi et des locataires.

Guantánamo

Convaincu du fait que Castro cherchera à contrôler à sa guise le volume de départs illégaux, le gouverneur de la Floride, furieux, décide de déclarer une situation d'urgence migratoire et exige que le gouvernement fédéral aide à trouver un endroit pour installer la plus grande vague de réfugiés cubains depuis 1980. Mais même si Washington constate que les autorités cubaines permettent à de petits groupes de quitter le pays sans incident, ils ne voient pas se profiler une nouvelle crise. Madame la procureure générale insiste qu'aucun changement de politique n'est prévu et réprouve la réaction « exagérée » du gouverneur.

Ignorant les tensions entre la Floride et la capitale du pays, des centaines de réfugiés de la mer qui ont finalement touché terre aux États-Unis sont en train de se rapprocher de Miami dans une caravane d'autobus escortée par des voitures de patrouille et un hélicoptère. Tels des vedettes de sport, ils sourient et saluent les locaux qui, depuis le trottoir, agitent les mains en l'air en leur lançant des mots de bienvenue et de soutien.

Les pancartes lumineuses et la multitude de couleurs agressent les yeux d'Eduardo. Les jours de récupération dans le foyer de passage pour réfugiés de Stock Island ont été très agréables, mais il lui tarde d'arriver dans l'un de ces hôtels qui, on lui a dit, accueilleront les passagers de la caravane d'autobus en attendant la réunification familiale.

— Nous sommes restés comme ça pendant une semaine, à la dérive, quasiment sans avancer car nous devions chasser les requins avec les rames. Ces bestioles de deux mètres de long nous escortaient comme le font ces motos que tu vois, lui raconte la personne assise à côté de lui.

Heureusement, le silence d'Eduardo est interrompu par l'annonce d'un arrêt de dix minutes.

À peine descendus, des résidents s'approchent d'eux avec des cigarettes, des bonbons et du soutien. Quelques secondes plus tard, à mesure qu'il avance vers le comptoir de la cafétéria, où certains de ses compagnons de voyage posent pour des photos et disent quelques mots à la presse, un étrange silence s'empare de l'établissement et les visages se tournent vers le téléviseur accroché au mur.

Les yeux de Bill Clinton alternent entre les caméras et un document qu'il lit à voix haute. Ensuite, la présentatrice reprend l'antenne : après une rencontre entre le président du pays, le gouverneur de Floride et le président de la Fondation Nationale Cubano-Américaine, le premier vient d'annoncer qu'il refusera l'entrée aux Cubains qui tentent d'émigrer aux États-Unis par voie illégale et de manière désordonnée. Les réfugiés interceptés en mer seront amenés à la base navale de Guantánamo, où ils demeureront indéfiniment jusqu'à ce qu'ils puissent être relogés dans un pays tiers. L'asile ne sera accordé qu'à ceux arrivés sur le territoire des États-Unis avant cette annonce, selon la loi d'ajustement cubain de 1966.

Krome - Miami Beach

Quelques deux cents nouveaux arrivants pullulent dans le vestibule, les jardins et les couloirs du Civic Center Inn de Miami. Jusqu'à maintenant, ils n'ont causé aucun problème et ont l'air reconnaissant de pouvoir se reposer. Quelques employés s'inquiètent de leur présence, mais la direction de l'hôtel n'a pas de raison de se plaindre et c'est le Département de la Justice qui paie la facture.

— Ça, c'est la vraie vie ! crie l'un d'entre eux, sur le bord de la piscine, avec une canette de bière Old Milwaukee dans la main.

— *La dolce vita* ! renchérit une panse poilue qui barbote.

L'humeur d'Eduardo a été contaminée par celle de ses compatriotes. Le luxe du petit hôtel, avec ses douches chaudes, l'air conditionné et ses plusieurs chaînes couleur, l'a carrément stupéfait. Les personnes chargées de la réinsertion des réfugiés lui ont remis une trousse de toilette pleine de produits impossibles à trouver à Cuba et, aujourd'hui, il s'est déjà douché trois fois, tout en s'étant brossé les dents avant et après le petit-déjeuner et le repas de midi. Il ne peut pas croire le tournant qu'a pris sa vie. Il ne se souvient pas avoir jamais ressenti ce qu'il ressent en ce moment. Et la journée devrait encore s'améliorer : on lui a dit qu'on allait l'emmener cet après-midi à un endroit appelé Krome, au sud-ouest du comté de Miami-Dade, qui peut accueillir des centaines de réfugiés. En prévision de l'avalanche de Cubains, ils ont déplacé les réfugiés des autres pays latino-américains et de Chine en Louisiane et au Texas. Tout sauf Guantánamo, se dit-il. Il est certain qu'à Krome, les conditions seront meilleures que dans les auberges cubaines de ses années d'« école à la campagne » et qu'il ne manquera pas d'eau, de savon, de dentifrice, de nourriture ou d'électricité.

*****

Des centaines d'habitants du sud de la Floride se sont levés tôt ce matin pour se rendre à la vieille base de missiles de défense aérienne des Everglades. Abandonnée pendant un moment, elle a été rénovée en 1980 pour s'occuper des Marielitos. Emilia se souvient de sa transformation et s'épate du fait que, quatorze ans plus tard, le terrain et ses édifices soient encore utilisés pour plus ou moins la même fin. Appuyée contre le grillage, elle attend qu'un agent du Service d'Immigration sorte et lise la liste des détenus. C'est la deuxième fois qu'elle vient depuis qu'elle a téléphoné à Cuba et qu'une voisine d'Ángel lui a dit que son père et son frère avaient disparu du quartier.

Elle a la nausée, mais elle ne veut pas passer un examen médical maintenant, et encore moins porter plainte contre ce stupide cowboy. Elle a déjà assez de soucis comme ça. Elle le déteste. Pourquoi a-t-il fallu qu'il soit aussi brutal ? Il y aura bien un moyen de se débarrasser de cette grossesse, se dit-elle, dans le but de se rassurer. Hors de question qu'elle accouche du bébé d'un violeur. Pour l'instant, elle a demandé une semaine de congés pour pouvoir bien réfléchir à sa décision et venir à Krome autant de fois que nécessaire.

Elle et Pepe ont toujours eu des priorités et des objectifs très clairs : il fallait déjà qu'ils se développent en tant que personnes et qu'ils « progressent ». Ils n'allaient pas fonder une famille avant d'atteindre une certaine stabilité financière. À un moment, ils pouvaient disposer d'une petite réserve qui leur a permis de se détendre et d'aider leurs familles à Cuba, mais les priorités et objectifs n'ont cessé de survenir, retardant toujours la maternité. C'est pour cela qu'elle trouve si ironique que la vie lui joue ce tour spectaculaire, à présent. Elle n'a jamais voulu être un moineau qui se contente de la moindre miette, qui fait son nid et pond ses œufs par-ci, par-là. Elle ne s'imaginait pas devenir la poule que personne n'a jamais vue en elle, et elle non plus. Et pourtant, elle est là, à caqueter pour récupérer ses deux poussins chéris, qu'elle n'abandonnera plus jamais. Avec un autre dans le ventre.

Elle s'est sentie marginalisée tellement de fois pour ne pas avoir procréé. Si une femme ne veut pas avoir d'enfants, elle est pratiquement rejetée par la société. Maintenant, grâce à une nouvelle grande ironie du sort, elle pourrait mettre fin à ce type de discrimination envers elle. Sa vie est beaucoup plus posée qu'avant, avec plus de moyens et plus de contrôle. Au Miami Dade College, on lui assigne la quantité d'heures de classe qu'elle souhaite. Cela fait des mois qu'elle a passé avec succès la période d'essai en tant qu'assistante de rédaction au *El Nuevo Herald*, elle continue d'écrire pour *El Cubanito* et cela fait longtemps, très longtemps que les interminables journées à la clinique sont derrière elle. Parfois, seuls les changements drastiques poussent à une amélioration, pense-t-elle, car après sa démission de la clinique, elle avait réussi à accomplir l'impossible : qu'on lui donne du travail à faire à la maison, des transcriptions uniquement, et payées à la pièce. Elle admet que ses années folles sont terminées, que la jeune *criollita*, espiègle et joyeuse, ne reviendra pas, mais Emilia Ribot Hernández a encore beaucoup à donner de sa personne. Et la maternité, donner vie à une petite créature et veiller sur elle avec le plus grand zèle et la plus grande excitation, cela pourrait précisément devenir sa plus grande aventure, le voyage le plus beau qu'elle ne ferait jamais. C'est une grande responsabilité, de passer des nuits entières pendue à sa respiration, et puis la protéger, la nourrir et l'éduquer. Mais le simple fait — simple ? — d'être enceinte lui dévoile la signification élusive du bonheur : un amour pur, inconditionnel, sans reproches et pour toujours.

*****

Emilia n'en croit pas ses oreilles.

— Cuba, oui ! Castro, non ! crient les gens autour d'elle.

Quel est le lien entre ces phrases et l'environnement dans lequel ils s'exclament ? Elle voudrait leur faire entendre que Fidel ne se trouve pas dans le centre de détention, mais elle a peur de se faire lyncher sur place si elle le tente. Pendant ce temps, les acclamations font rage et elle se rappelle que beaucoup de visiteurs font la queue depuis la veille. Emilia comprend que l'attente, la frustration et la chaleur torride exacerbent les esprits ; et elle n'est pas surprise que la foule lance à présent des cris de protestation contre les agents du Service d'Immigration et de Naturalisation en chantant l'hymne national cubain.

La situation lui rappelle les incidents de 1980, notamment la révolte de Fort Chaffee. La présence des Marielitos dans cette autre base avait beaucoup inquiété les habitants de Barling, un village à proximité qui était devenu la onzième ville la plus peuplée d'Arkansas après l'invasion cubaine. Ces voisins, morts de peur devant les réfugiés et leur comportement différent, s'étaient armés jusqu'aux dents. Cela avait même suscité une visite du Ku Klux Klan, ce qui avait inévitablement généré encore plus d'agitation. Mais Emilia est convaincue que c'était surtout le désespoir et la frustration d'un emprisonnement qui paraissait s'éterniser qui avaient poussé certains à faire la grève de la faim, environ trois cents à fuguer et à déambuler dans les rues de Barling, et finalement vingt mille à se révolter et à mettre le feu aux baraquements de la caserne. Quand le président Clinton, alors gouverneur de l'Arkansas, avait mobilisé la Garde Nationale, les altercations s'étaient soldées par plus de cinquante blessés de chaque bord. Et deux Cubains morts.

*****

De l'autre côté de la barrière, le long de l'Avenida Krome, convaincus de la supériorité inhérente à toute chose étrangère après une vie d'épreuves et de pénurie sur l'île, les réfugiés se complaisent à prendre des douches, à porter les uniformes orange qui sont de meilleure qualité que les vêtements cubains et à manger à leur faim.

Eduardo tente de répondre avec le plus de cohérence possible aux questions d'un agent du Service d'Immigration et de Naturalisation.

— As-tu de la famille aux États-Unis ?

— As-tu déjà été incarcéré ?

— Étais-tu dans l'armée, à Cuba ?

— Travaillais-tu pour le gouvernement, là-bas ?

— As-tu une maladie contagieuse ?

— Est-ce vrai que presque tout le monde sur l'île a une barque ou est en train d'en construire une ?

L'oreille d'Eduardo est distraite par des voix féminines qui chantent l'hymne national cubain. Il pense connaître assez bien l'endroit et, dans cette direction, il n'y a qu'un dortoir pour hommes. Mais alors, d'où viennent ces chants ?

L'interview se termine brusquement, plus tôt qu'il n'espérait. Il n'est pas du tout satisfait, mais les autres démarches se passent plutôt bien : les résultats des tests de tuberculose et de syphilis auxquels ils l'ont soumis dès son arrivée sont négatifs, et il a déjà sa carte I-385, estampillée du Service de Santé Publique, avec laquelle il peut « s'intégrer à la communauté ». L'unique problème, c'est que comme il a perdu les coordonnées de sa sœur pendant la traversée, il fait partie de tous ceux qui n'ont pas de proches pour les réceptionner. Il est toujours prisonnier, se dit-il en prenant avec lassitude un journal posé sur une chaise de la salle commune avant de l'emmener aux toilettes.

> Il faut encore voir si la décision d'envoyer les Cubains à Guantánamo empêchera que plus d'entre eux envisagent de partir. Nous ne savons pas ce qui se passera quand Guantánamo et Krome seront pleins, s'ils continuent à débarquer. Voici quelques-unes des questions pour lesquelles nous n'avons pas encore de réponse.

Eduardo lit avec attention ce commentaire d'un membre de la Commission du Sénat sur le renseignement. Les amis qu'il s'est fait au centre lui ont dit que ce même sénateur démocrate leur avait parlé personnellement et leur avait assuré qu'ils ne seraient pas renvoyés à Cuba. Alors, comme ça, cet homme n'a pas de réponses, malgré le poste qu'il occupe ? Bien sûr, il ne dira rien de ce qu'il vient de lire à ses compagnons, il ne veut pas qu'on lui colle le nom d'oiseau de mauvais augure. Heureusement, les promesses ne viennent pas seulement des politiciens. Les œuvres caritatives font tout leur possible pour leur trouver un foyer et un travail, à l'intérieur et à l'extérieur de l'état. Il entretient l'espoir de partir à tout moment pour le Kentucky, le Texas, l'Oregon, le Connecticut ou n'importe quel autre état, grâce au programme de l'Agence Catholique et du Département de l'Immigration dont quelques activistes sont venus parler, hier soir.

— Eduardo !

Qui diable a besoin de lui aussi urgemment pour venir le chercher jusqu'ici ?

— Eduardo Ribot !

— Ici ! Qu'est-ce qui se passe ?

— Tu es Eduardo Ribot ?

— Oui, qu'est-ce qu'il y a ?

— Mec, ça fait un bout de temps qu'on te cherche, dehors.

*****

La lumière éclatante qui filtre par la baie vitrée empêche Eduardo de reconnaître sa sœur jusqu'à ce qu'elle soit pratiquement en face de lui. Il s'approche d'elle en flottant à moitié, en état de grâce, sans besoin de gestes ou de mots pour exprimer son allégresse.

— Et Papi ? Où est Papi ? Il n'est pas venu avec toi ? demande Emilia, en regardant nerveusement autour d'elle.

— À Cuba. T'inquiète. Je te raconte plus tard.

En enlaçant sa sœur, Eduardo se sent fort, sage et paisible. Plus protecteur que protégé.

*****

Pour noyer ses propres pensées et rendre plus supportable l'embouteillage à la sortie du centre de détention dont les autorités ont décidé de bloquer l'accès, Emilia allume la radio de sa Honda Accord 1983 bleu métallique, recouverte d'une couche de saleté sur laquelle quelqu'un a écrit : « *Also available in blue.* »

Selon le présentateur, les Américains ont renforcé les patrouilles sur les côtes cubaines de trente avions et de huit mille soldats. Dans le but d'empêcher que les insulaires mettent pied aux États-Unis, la marine et les garde-côtes ont dévié plus de soixante-dix navires normalement utilisés pour surveiller la pêche et le trafic de drogues.

Le véhicule sort lentement de l'embouteillage et, avec l'un des derniers succès musicaux en fond sonore, Emilia explique à son frère que, depuis son divorce avec Pepe, elle loue un studio dans une résidence à Miami Beach. Il est petit, mais a toutes les commodités de la vie moderne et une vue fantastique. Tandis qu'ils laissent derrière eux d'autres panneaux et affiches, la conversation passe aux propriétaires, aux loyers, aux emprunts immobiliers, aux assurances et aux prêts personnels.

Devant l'impossibilité de réparer la charnière des lunettes de sa sœur, Eduardo a l'air de se concentrer sur le paysage qui défile à travers la fenêtre. Prête-t-il attention à ce que lui dit Emilia ? Elle passe de blablas économistes poussifs à une diatribe contre les Cubains de Miami, piquée d'avertissements sur certaines personnes en particulier. Elle trouve son frère trop satisfait d'avoir atteint son petit bout de ciel bleu. Cela le rend encore plus vulnérable.

*****

Depuis le futon bleu marine, Emilia suit son frère du regard. Il n'arrête pas de faire les cent pas dans le petit studio. À La Havane, il était souvent replié sur lui-même. Perdu dans ses pensées, mais détendu. À présent, il paraît beaucoup plus renfermé, rigide, il respire intensément et boit et fume comme un forcené.

— Tu ne remarques rien de différent chez moi, physiquement ?

Un silence.

— Je sais que cela fait longtemps que je n'ai pas envoyé de photos…

Eduardo inspecte son visage et ses cheveux.

— Je suis enceinte !

— C'est pas vrai ! Félicitations, ma sœur ! Mais, si tu dis que Pepe et toi…

— Non, Pepe n'est pas le père. Ne me demande pas qui c'est. Peu importe que ce soit lui, un Américain ou un Bulgare, mais ce n'est pas Pepe. Je suis la mère, le père et le saint esprit.

— Amen ! Quelle bonne nouvelle ! Je vais fêter ça avec une autre *lager*.

Emilia observe comme son frère plisse les yeux. Son expression est inquiète et quelques gouttes de sueur couvrent son front. Le panache et l'assurance de ses gestes ont fait place à une agitation qui commence à la mettre dans un état de nervosité qui n'est pas bon du tout pour le bébé.

— Et tu as déjà pensé à un prénom ? demande-t-il, devant le réfrigérateur ouvert.

— Tu parles ! Tu verras qu'ici, on n'a même pas le temps d'aller aux toilettes.

*****

Deuxième après-midi dans la maison d'Emilia. Eduardo ouvre une autre canette de Coors et se tient devant le petit autel de Saint-Lazare, sur le mur qui divise la minuscule cuisine du reste du studio. Il observe qu'en plus des béquilles, des haillons et des chiens, le vieux lépreux tient à ses pieds un cigare Montecristo de quelques quinze centimètres de long et une petite coupe dans laquelle on dirait du vin rouge. Il se dirige vers l'unique fenêtre du studio. Pas besoin de balcon pour s'extasier devant les reflets du soleil de fin d'après-midi sur les façades blanches et les toits en terre cuite. Le manteau de nuages qu'il a vu la dernière fois qu'il a regardé dehors a complètement disparu. Les teintes du gazon, des plantes et des fleurs l'apaisent. Serait-il en train de commencer à se remettre de la traversée traumatisante du détroit ? Le prix à payer fut élevé, très élevé ; mais il est tellement convaincu des possibilités infinies qui l'attendent qu'il ne peut que respirer profondément et apprécier l'harmonie qui l'entoure. Il peut aussi compter sur l'aide de sa sœur.

Il s'éloigne de la fenêtre et prend une autre cigarette du paquet qu'Emilia a laissé sur le plan de travail. Il ne l'allume pas mais passe d'un bout à l'autre de la pièce en la tenant entre les dents. Le moment est venu de parler de la traversée. Il regarde le futon sur lequel est assise sa sœur, fait un pas vers elle, s'arrête et se remet à avancer, cette fois-ci d'un pas décidé. Il finit par s'asseoir à côté d'Emilia.

Alors qu'il frotte ses genoux avec les paumes de ses mains, son visage s'assombrit et une expression grave l'envahit. Il commence à murmurer, presque sans ouvrir la bouche, et d'un coup, les mots lui sortent en trombe. Ses lèvres tremblent en se séparant, elles s'unissent et se déforment dans une grimace de douleur.

Le sang

Eduardo est seul dans le studio, mourant d'envie de fumer. Il vient de réchauffer la dernière tasse de café qui restait dans le thermos et l'apporte au salon, en s'arrêtant une nouvelle fois devant Saint-Lazare pour admirer le Montecristo Especial numéro 2 parmi les offrandes. Avec la permission du saint, il prend le havane et observe plus en détail la feuille extérieure, huileuse et lisse, qui enveloppe le cylindre admirablement roulé et sans bosses. Il n'a jamais fumé quelque chose d'aussi élégant. Sûrement que son père non plus. Il le presse doucement et lui donne un massage circulaire. Il le sent ferme, compact, mais pas trop rigide. Il l'approche de son oreille sans cesser de le faire tourner entre ses doigts. En marchant vers la fenêtre, il se demande si la maturation est aussi favorable aux cigares qu'au rhum.

En apercevant son propre visage dans le miroir suspendu au mur, un amalgame d'images sans rapport l'assaille. Il porte le cigare à sa bouche et essaie de se reconnaître dans les pommettes, les yeux et les cheveux du reflet. Quand cesseront la duplication et la multiplication qui le poussent à ce débordement sensoriel ? À défaut d'une réponse, de sa part ou de celui dans le miroir, il revient au vieux Lazare. Il peut sentir sur sa propre peau la douleur que devait procurer le frottement des haillons contre les plaies du saint. Il lui demande pardon et se saisit d'une paire de ciseaux qui se trouve dans un pot en terre, sur l'étagère à côté de l'autel.

Il lui vient à l'esprit que l'objet entre ses dents pourrait le catapulter vers l'illumination, vers une connaissance supérieure qui remettrait tout à sa place. Il le retire de sa bouche et fait une incision à quelques trois centimètres du bout, mais la cape menace de se détacher. Aurait-il gâché la tête, avec sa coupe inexpérimentée ? Rien de dramatique. Il recolle la feuille avec de la salive et tente de tirer par l'ouverture tout juste créée. L'aspiration lui paraît correcte. Peut-être un peu trop dense, mais cela fait longtemps qu'il n'a pas pu apprécier un cigare, et encore moins un comme celui-ci. Déjà à cru, il détecte un délicat arôme boisé. Il l'enlève de sa bouche pour l'observer à nouveau. L'envie de fumer devient monstrueuse. Imprégné par l'imminence de la fumée épaisse d'une feuille bien sèche, il se met dos à la fenêtre ouverte et craque une allumette. La flamme incurvée brûle en direction du cigare, tandis qu'il le tourne et le suçote, comme il a vu faire les vieux fumeurs. Comme son père.

Exactement l'arôme et le goût auxquels il s'attendait, pense-t-il, se relaxant instantanément et la bouche pleine de fumée. À en juger par l'aspect de l'extrémité allumée, la combustion a l'air parfaite. Il trouve le tirage un peu serré, mais c'est peut-être dû au calibre d'à peine un centimètre et demi, à son manque de technique, ou bien aux deux. Il va le fumer à une cadence lente, sans forcer, il va s'adapter au cigare et à ce qu'il veut bien lui apporter.

Il tourne en rond dans le studio et apprécie la générosité du premier tiers du cigare. Il garde la fumée dans la bouche un instant de plus, la fait passer par le nez et l'odeur le transporte vers le souvenir du cacao grillé dans son quartier de Cerro, où il voyait les manutentionnaires le charger et recouvrir leurs têtes et leurs épaules de sacs vides, comme des moines à capuches. Ce Montecristo est vraiment fait pour être fumé en solitaire, se dit-il. Non seulement a-t-il dissipé toutes ses préoccupations, mais il l'a transporté vers son enfance à La Havane et ramené à Miami en quelques secondes.

Ensuite, ce sont certains immigrants cubains qu'il a rencontré qui lui viennent à l'esprit. Certains sont peintres ou poètes, d'autres restent à la maison avec leurs enfants en bas âge car ça ne vaut pas la peine de travailler s'il faut payer pour les faire garder. Il y en a qui consacrent une partie de leur temps à la politique, ou qui ne trouvent pas de travail, ou qui sont déprimés. D'autres pratiquent la Santeria, la sorcellerie ou sont prêtres de Palo. C'est en entendant Simon et Garfunkel jouer une vieille chanson péruvienne dans le studio adjacent qu'il a la révélation de son nouveau métier. Lecteur et interprète de cigares !

— Main d'Orula, parodie Yoruba. Dis-moi… Non, je ne t'entends pas. Ecue-Yamba, Ecue-Yamba. Orisha *ob-la-di*. Sensemayá *la-da*. *Eccola qua*, Artémis d'Éphèse. Mes salutations. Voici ma litanie pour Palo Mayombe et Banquo du barde anglais. Fumée ? Vous avez dit « fumée » ?

C'est avec quelque chose dans ce genre-là qu'il pourrait commencer sa lecture et son interprétation d'un bon *Cohíba*. Pas besoin de s'habiller en blanc, ni de porter une chemise *guayabera*, un foulard ou un chapeau de paille sur la tête. Pas besoin de clowneries. Un bon rhum qui ne fausse pas la lecture, c'est tout ce dont il aurait besoin pour que ses facultés paranormales se révèlent et que les esprits se mettent à parler.

— Sambia, premier avant toute chose, dit-il, et il commence à faire tourner le cigare dans sa main.

Après avoir demandé le nom et la date de naissance de l'intéressé et réchauffé un peu l'atmosphère avec du Scotch — si l'embargo américain insiste à le priver de Havana Club 7 ans d'âge — il procèderait à la lecture d'un *Cohíba Lancero*. Il faudra apprendre à l'allumer sans tant forcer sa respiration, et fumer avec un peu plus d'élégance, mais l'important, c'est l'inspiration. Tout le reste, c'est du blabla.

— Tu vois ces petits points blancs sur la couronne ? Écoute ce que je vais te dire jusqu'à la fin, mais prend-le avec des pincettes, c'est une première lecture et les signes ne sont pas encore bien définis. J'ai l'habitude de commencer par le pire et je peux te dire que je vois des choses assez horribles chez la majorité des gens : des séparations en tout genre, jalousies, rumeurs, embrouilles, trahisons… Dans ton cas, il faut simplement veiller sur tes finances, on dirait que c'est ton talon d'Achille. Maintenant, regarde ces petites écailles blanches. C'est un nouvel amour qui arrive, amenant avec lui de nouvelles amitiés. Tu vois ce point rouge, ici ? Il peut s'agir d'une négligence en rapport avec ta santé, mais tu n'es pas idiote et tu te soigneras. Cela peut aussi être une illusion passagère, une déception, mais on en a tous, n'est-ce pas ? Pas besoin de continuer à t'indiquer sur le cigare les manifestations concrètes de ce que je vais te dire aujourd'hui, tu comprends bien que je ne peux pas confier ces secrets sacrés à tout va. Mais, venons-en au fait. Je ne vois pas de trahisons ni d'ennemis cachés. De la jalousie et de l'ingratitude, oui, mais tu ne les laisseras pas te déstabiliser.

De nouveau devant l'effigie du saint, il retire la petite coupe de vin de son décor sinistre, il chasse avec un doigt l'essaim de mouches à fruits rassemblé sur le bord, la sent et en teste une gorgée. Les clients pleuvraient de lieux aussi éloignés que Las Vegas, New York ou Madrid.

— Pour votre esprit, Sarabanda, dit-il, devant un chaudron en fer à trois pieds dans un coin, qui se retrouve aspergé de rhum et de salive. Qu'il sorte ! Qu'il sorte ! Oui, oui. Ochún, Obatalá, merci bien. Nous sommes là, nous donnons tout. Olofi, *chenche*, Olofi, *yényere*, je vois que tu veux parler. Une gorgée ? Nous sommes prêts à te recevoir. Parle-moi de la personne devant moi, je t'implore.

Son esprit reste blanc un instant, avant de revenir au *Cohíba*, qui, en plus de dégager une note intense de cuir, a formé plus d'un centimètre de cendre compacte, couleur gris clair, faite de disques et de fibres blancs et noirs. La cendre : un monde dans lequel déchiffrer l'avenir en amour, dans la vie professionnelle, la famille et la santé. Et la fumée : des possibilités infinies. Pendant qu'on y est, l'allumette et l'arbre duquel ce havane est le fruit !

— Eleguá, Changó, Yemayá, entendez la prière de cette femme, venue du Québec. Son âme cherche conseil, son avenir est écrit dans les cieux et vous autres seulement en détenez la clé. Ouvrez-lui les portes de son destin, récite-t-il, après avoir levé le menton, regardé vers le plafond et expiré une bouffée de fumée qui envahit toute la pièce.

Il laisse tomber la cendre dans une assiette blanche et l'observe fixement, comme si une douce transe s'était emparée de lui.

— Tu souffriras encore un peu, ma chère, mais la douleur s'éloignera petit à petit, dit-il à la jeune fille assise avec les jambes croisées sur un tapis tunisien. Un bonheur profond t'atteindra progressivement, il égayera ton corps et ton esprit. Je vois que tu connaîtras un nouvel amour et que cette fois, tu apprendras à le retenir. Maintenant, rentre chez toi et fais confiance à Yemayá. Il faudra une deuxième séance, bien sûr, mais dans six mois au plus tôt, ne reviens pas avant à moins de ressentir le besoin impérieux de me consulter sur un autre sujet. Je crois que nous pouvons mettre fin à notre session, car j'en ai une autre dans moins d'une demi-heure et j'ai besoin de me déconnecter de tout avant de la commencer. Tu ne peux pas t'imaginer à quel point ce travail est épuisant. Comme convenu, cela fera deux cents dollars.

Eduardo prend les quatre billets avec l'image de Ulysses S. Grant que lui tend la Canadienne et les dépose sur le bureau en chêne, près du pied du cierge allumé. Alors, il passe ses mains à travers la flamme et invoque Yemayá avant de les poser sur la jeune fille, qui laisse couler quelques larmes.

Il l'aide à se relever.

— Va, brave dame, et que le bonheur et l'énergie grandissent en toi.

Les yeux ardents, la jeune femme s'en va en marche arrière pour ne pas lui tourner le dos, comme on lui a indiqué. Son regard s'égare sur la cicatrice du médium, mais elle le redirige immédiatement vers le sol, en continuant à reculer.

Une fois que la femme a passé la porte, Eduardo ajoute les quatre billets à la liasse. Qui aurait pu prédire, quand il avait traversé cette rue malodorante et qu'une fille à la main salie de graisse lui avait demandé un mouchoir, que tout cela découlerait de cette rencontre ? Il se souvient de l'avoir enveloppée de son regard et de son désir, en lui inventant tous ces fantasmes, dissimulés dans un recoin de sa mémoire. Et c'est maintenant que son imagination se réveille pour lui suggérer ce nouveau coup d'esbroufe colossal, qui lui fera gagner de l'argent, tout comme le précédent lui fit gagner un verre de malt, une *empanada* et l'amour d'une belle jeune fille.

*****

Cinq ans plus tard, vêtu d'un peignoir et allongé dans la véranda adjacente à la piscine d'une résidence à Key Biscayne dans laquelle il s'est acheté un appartement trois pièces avec vue sur la mer, Eduardo surveille les faits et gestes de son neveu. Il aime le garder pendant quelques heures pour qu'Emilia puisse mettre à jour son travail. L'enfant réveille en lui une douceur dont il n'avait jamais fait l'expérience.

Le petit garçon arrête de jouer dans le carré d'herbe près de la véranda et s'approche de la piscine. Il veut que son oncle vienne dans l'eau avec lui. Eduardo remue la tête et redouble d'attention. Heureusement, Emilia a fini son travail et elle est là, avec eux. Il y a aussi la charmante voisine qui tient sa petite par la main, elle a à peine quelques mois de plus qu'Angelito. En une fraction de secondes, les deux enfants se mettent à jouer dans l'herbe sous le regard attentif de leurs mères, qui sont en train de dire qu'il est plus amusant d'aller à la plage qu'à la piscine.

Eduardo n'a pas encore assez chaud pour aller dans l'eau. Il va retarder le moment de la baignade en profitant de son mojito. Il se dit que s'il n'avait pas laissé partir Beatriz, s'ils n'avaient pas, tous les deux, condamné à l'oubli la petite créature qu'elle portait dans son ventre, il ne se sentirait peut-être pas aussi seul, à présent. Mais si ça avait été le cas, il est aussi possible qu'il ne soit jamais parti de Cuba et qu'il verrait vieillir, accablée par la routine que le système impose toujours sur l'île, l'étudiante dont il avait lu les lignes de la main lors de cet après-midi pluvieux. Alors, la créature serait là-bas, en train de scander des slogans vides, un foulard rouge autour du cou et la faim au ventre. C'est vrai qu'il ne serait pas aussi seul, se remet-il à penser, en aspirant la fin de son mojito entre les glaçons et en posant le verre au sol, près de l'édition du dimanche du *El Nuevo Herald*.

— Et moi, j'aurais un petit-fils ou une petite-fille, intervient Ángel.

Les yeux mi-clos, Eduardo voit son père arriver, accompagné de l'odeur de salpêtre et du brassage bruyant de quelques vagues agitées. Il se déplace d'un bon pas et avec une élégance résignée, malgré le fait qu'il lui manque les deux jambes. Des écheveaux de veines, de tendons et de nerfs pendent de ses deux courts moignons, et il a l'abdomen déchiré, avec les entrailles à l'air. Mais l'expression de son visage est celle de toujours.

— Tu ne vois pas que tu as déjà un petit-fils ? réplique Eduardo après être sorti de la confusion initiale. Emilia t'en a donné un. Il est beau et il s'appelle comme toi.

Ángel hoche la tête et montre son sourire particulier, comme s'il n'avait pas été englouti au fond de la mer des Caraïbes, digéré par un maudit squale. Pourquoi sourit-il avec autant d'amour ?

— On dirait que le requin s'est vraiment acharné sur toi.

En faisant ce commentaire, Eduardo s'efforce de retenir les larmes qui cherchent à jaillir, contrairement à celles qu'il n'a pas pu verser au moment où son père a disparu dans la mer noire.

— Tout le monde a le droit de manger, dit Ángel, qui continue à sourire, allongé sur la chaise longue d'à côté.

— Tu ne peux pas savoir à quel point je suis heureux que tu viennes nous voir. J'avais tellement envie de te parler. Tu es parti sans me laisser le temps de te dire tellement de choses.

— Ne t'en fais pas. Cela se passe presque toujours ainsi. Les évènements de la vie ne laissent guère le temps aux gens d'ouvrir leurs cœurs. On ne le fait qu'après un départ. C'est pour cela que ceux qui s'en vont reviennent, au moins pendant un temps, pour reprendre les conversations inachevées. On peut parler de ce que tu veux. Ce n'est pas non plus une raison de prendre un ton grave ou mélodramatique.

— Tu as vu qu'Emilia écrit pour *El Nuevo Herald*? demande Eduardo en voyant son père saisir le journal de sous la chaise longue. C'est devenu une chroniqueuse de première !

— Je vois ça. Elle a toujours eu ses propres opinions, commente Ángel, sans quitter des yeux l'article, effectivement signé Emilia Ribot.

— Ses articles sont parmi les plus sobres qui sont publiés ici. L'autre jour, elle a démontré avec des chiffres que la quantité de réfugiés de la mer provenant de Haïti et de République Dominicaine est plus importante que les Cubains si l'on prend en compte…

— « Devant la politique de "pieds secs, pieds mouillés", qui permet seulement à ceux qui touchent la terre ferme de rester, les Cubains ont troqué leurs radeaux délabrés contre les bateaux vedettes rapides des trafiquants de personnes », lit Ángel à voix haute. Mis à part le saut évolutif, voici un autre article notoire, tout comme celui sur la cocotte-minute de l'émigration que El Fifo manipule à sa guise. Elle a du talent et de l'inspiration. Je suis tellement content pour elle.

Père et fils continuent à parler politique, comme si rien ne s'était passé lors de cette lointaine matinée en haute mer ; comme s'ils s'étaient vus il y a à peine une heure, et hier, et avant-hier aussi.

— Si elle continue à être aussi objective, cela ne me surprendrait pas qu'ils la censurent, un de ces jours. Au fait, tu n'aurais pas un de ces *Cohíbas*, pour moi ?

— Une seconde, répond Eduardo avant de courir à l'appartement.

En fouillant dans le tiroir du bureau en chêne où il garde toutes les ruses pour son travail, il touche le vieux morceau de papier. Il le prend et le lit une nouvelle fois :

Mon cher fils,

J'espère que tu me pardonneras pour ce que je suis en train de faire en ton absence. Un jour, tu comprendras que je le fais pour le bien de la famille. Si tu as des congés et que tu vois cette note, viens à l'ambassade du Pérou. J'y vais maintenant, avec Mireya et Sofía. D'abord, tente de contacter ta sœur. Je n'ai pas pu la prévenir car je n'ai pas l'adresse de la maison à la plage où elle est en ce moment et Mireya ne veut pas attendre plus longtemps.

Je te fais un gros câlin et espère te voir bientôt,

Ton papa.

Il se souvient l'avoir trouvé sur la table du petit studio à Cerro pendant l'une de ses escapades du Service Militaire, et l'avoir caché dans son édition en français du *Rameau d'Or*, car il était trop tard pour demander l'asile : ils avaient déjà fermé l'ambassade.

À sa visite suivante au studio, pourtant, son père était là, comme si de rien n'était. Aucun des deux n'avait jamais mentionné ce mot d'adieu.

Lorsqu'il retourne vers la piscine avec le cigare, Ángel n'est plus sur la chaise longue, ni dans l'eau, ni aux alentours.

— Finalement, je ne suis pas parti parce que je ne supportais pas l'idée de m'éloigner de toi et d'Emilia. C'est dommage qu'elle et Pepe aient divorcé. Il fut un temps où ils faisaient un beau couple, admet Ángel, de nouveau sur la chaise longue et tendant une main vers le cigare que lui a apporté son fils. Au moins, maintenant, elle a l'air heureux, avec ce joli petit garçon.

— Ça va devenir un vrai tombeur, n'est-ce pas ?

— Oui, et je me fiche bien de savoir qui est le père : c'est mon petit-fils et c'est tout. Prends soin de lui comme si c'était ton fils. Et de ta sœur aussi, elle qui t'aime tellement.

— Tu vois bien que je la gâte comme une reine. Elle dit que le dîner que je lui ai préparé dimanche a été une révélation. *Insalata caprese* en forme de drapeau italien et des *linguine alla puttanesca*. Aujourd'hui, je vais lui faire une surprise : une soirée cubaine, avec du riz aux haricots, du manioc à la sauce *mojo*, des bananes plantains frites et un rôti de porc farci au chorizo et aux olives fourrées aux poivrons. Tu t'en lèches les doigts, hein ?

— Elle a besoin d'être gâtée, insiste Ángel.

— Tu penses que je ne le fais pas ? Je les emmène en sortie au minimum deux fois par semaine. Le mois prochain, nous allons faire un petit tour à San Francisco, car nous avons tout vu d'Orlando et nous venons de rentrer de New York et de Boston. On ne peut pas se plaindre, Papi. Crois-moi, nous avons une vie très heureuse. Tu ne peux t'imaginer à quel point je regrette que tu n'aies pas pu arriver.

— Qui te dit que je ne suis pas arrivé ? Je suis arrivé. Et ta maman aussi. À travers vous, qui êtes notre sang. Mets-le-toi dans la tête : nous sommes tous arrivés.

Eduardo se redresse, mais son père n'est plus sur la chaise longue, même si la fumée de son cigare continue à flotter dans l'air. Ou bien est-ce celle d'Eduardo ? Il fait quelques pas vers la rampe de la véranda, regarde tout autour de lui, mais ne le voit nulle part. Il dirige alors son regard au-delà de la mer, en direction de là où devrait se trouver La Havane.

— À travers vous, qui êtes notre sang, répète-t-il à voix haute, le regard perdu dans l'horizon des vagues.

FIN

Interaction avec l'auteur

Merci d'avoir lu *Vagues*. Si ce livre vous a plu et que vous le conseilleriez volontiers à d'autres, pourriez-vous consacrer quelques minutes de votre temps à publier votre avis sur le site Web du magasin dans lequel vous l'avez obtenu ? Cela serait utile à d'autres lecteurs aux intérêts similaires.

Si vous souhaitez me faire une remarque honnête et constructive, , écrivez-moi à **info@joseramontorres.com**.

Mon deuxième roman décrit un voyage dans la direction opposée à celui de *Vagues*, du premier monde au tiers monde. Vous en trouverez un extrait sur **www.joseramontorres.com**.

Vous pouvez rester en contact sur les réseaux sociaux avec **www.facebook.com/jrtorresaguila**
et
twitter.com/JRTorresWriter.

Encore un grand merci,

José Ramón Torres
Cambridge, Royaume-Uni
30 septembre 2014